불을 끄고 노래하면 안 될까요

노희준 소설집

불을 끄고 노래하면 안 될까요

강

차례

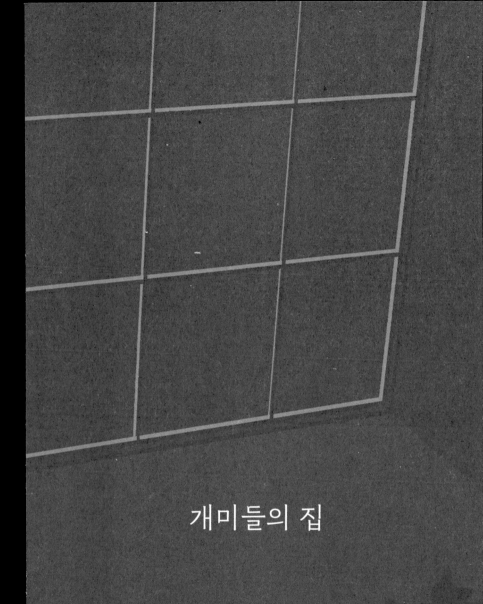

개미들의 집

아직 샤오미가 탄생하기 전, 아니 IBM이 롄샹(레노버)에 팔리기도 전의 일이었다.

어느 날 아침 일어나보니 내 방의 콘센트가 공중 부양하고 있었다. 맞은편의 컴퓨터 방도 사정은 마찬가지였다. 안경을 찾아 쓰고 아래층으로 내려왔다. 안방과 건넌방은 볼 필요도 없었다. 이 집에 예외는 없었으니까. 집 안의 모든 콘센트는 제 몸에 꼭 맞는 스탠드 위에 올라가 있었다. 주문 제작한 것임에 틀림없는 그 물건들은 십여 센티미터에 달하는 네 개에서 여섯 개의 가녀린 다리를 갖고 있어 마치 콘센트를 위한 킬힐처럼 보였다. 그리고 그 모든 콘센트들의 중심에서, 아버지는 거실 소파에 편안히 파묻혀 조간신문을 읽고 계셨다.

나는 어정쩡하게 서서 물었다.

"콘센트들이 왜 저래요?"

자동발권기처럼 답이 튀어나왔다.

"집이 물에 잠길 수도 있잖니. 감전되면 죽는다."

"저건 쇠잖아요."

"스테인리스다. 스테인리스는 부전도체다."

콘센트보다도, 쇠보다도 훨씬 비싸다는 얘기였다. 나는 아마도 저 이름을 알 수 없는 물건들의 가격이 얼마 전 받아내지 못한 중국어학원의 수강료를 훨씬 상회하리라는 데 생각이 미쳤다.

"몇 번이나 말씀드려요. 여긴 고지대예요. 이 집이 잠기면 서울의 팔십 퍼센트가 잠긴다고요."

"한강에서 가깝잖니."

"이 킬로는 되겠어요. 한강이 무슨 바다예요?"

"일 점 이육 킬로다. 그리고 넌 뉴스도 안 보냐?"

"뉴스랑 콘센트랑 무슨 상관이에요?"

아버지는 내 눈앞에 신문을 들이댔다. 나는 겨우 "북한의 핵은 남한을 겨냥한 것"이라는 기사를 찾을 수 있었다. 나는 비로소 고개를 끄덕였다. 이 집에는 지하 일층이 없었지만 지하 이층은 있었다. 아버지의 전 재산을 쏟아부은 공간이었다. 열 평 남짓 넓이의 그곳에는 방독면, 방사능복은 물론 세균탄 및 화학탄 중화 키트까지 구비돼 있었다. 더 이상의 논쟁은 불가능했다. 그렇게 생각했다. 거실에 형이 나타나기 전까지는.

"아버지, 콘센트 말이에요……"

"그래."

"벽에 거는 게 어때요?"

"못은 절대 안 된다. 잘못하면 벽에 금 간다."

"붙이는 걸이를 사용해야죠."

"벽지 뜯어지면 책임질 거냐?"

"벽지 말고 나무 벽에 붙이면 되죠. 아니면 가구에……"

"끈끈이 남아서 안 된다."

"안 떼면 되죠."

"구조 변경이나 가구 재배치의 가능성도 고려해야지."

나는 여전히 서 있었다. 매일 보는 일인데도 위액이 역류했다. 한 치 앞을 알 수 없는 집이었다. 아버지에 대한 형의 저항이 끝나자마자 엄마를 향한 누나의 훈계가 시작되었다. 오랜만에 다섯 식구가 둘러앉은 아침 식탁에서였다.

"소고기 사지 마시라니까요."

"호주산이다."

"장사하는 놈들을 어떻게 믿어?"

아버지가 핀잔을 주었다. 형이 어디선가 계산기를 가져오더니 말했다.

"십 년 뒤 광우병에 걸릴 확률보다 오늘 교통사고로 죽을 확률이 만 이천삼십오 배쯤 높네."

"광우병이 뭔지는 알아?"

"소고기 만만찮게 유전자 조작 식품이 더 위험하다는 건 알아."

형이 젓가락으로 커다란 고추를 가리켰다. 말 끝나기가 무섭게 엄마가 고추를 우적우적 씹어 먹었다.

누나의 반론이 시작되었다.

"GMO는 임상실험을 거쳐 안전하다는 인증을 받은 거지만 광우에 대해서는 신뢰할 만한 데이터가 아직 없어. SRM은 익혀도 썩혀도 사라지지 않아. 광우를 묻은 땅의 야채나 지하수를 통해 이차, 삼차로 섭취된다는 가설도……"

"우리는 조건과 변수를 바꿔가며 수백 번, 수천 번 다시 실험해. 하지만 너희는 하나의 기준을 만들어놓고 많이 하면 된다는 식이잖아. 쥐랑 사람이랑 같아? 당장은 그렇다 쳐. 이대, 삼대로 내려가도 괜찮다는 건 어떻게 증명할래?"

물리학박사와 유전공학박사의 논쟁은 계속되었다. 어느새 식탁 위에 세계지도가 펼쳐졌다. 형과 누나는 세계의 곳곳에 젓가락을 가져다 대며 끊임없이 혀를 놀렸으나 내 귀는 도저히 그 놀림의 현란한 속도를 따라잡을 수 없었다. 남들은 고등학교 나오기도 힘들었던 육십년대에 경제학 석사학위를 받은 아버지조차 "이미 구입한 것은 먹는 게 이익"이라는 상식을 제시했다가 무시당했다. 그동안 나는 쥐한테만 안전한 GMO와, 쥐고기보다 훨씬 더 위험할 SRM을 꼭꼭 씹어 먹으며 머리에 구멍이 뻥뻥 뚫리는 체험을 하고 있었다. 벼르고 있었던 중국인 홈스테이 얘기는 할 기회도, 능력도 없었다. 나는 형과 누나가 집에 오는 날이 싫었다. 우리 집에서 가장 학벌이 낮은 대학 중퇴의 엄마가 아니었다면 나는 세계에서 가장 빨리 광우병으로 사망한 환자로 기록되었을 것이다. 엄마는 전 지구적 문제나 인류의 미래에는 아무 관심도 없었지만 가족들에 대해서만큼은 탁월한 심리학자였다. 마침내 한마디 하셨다.

"금년 개미는 어쩔 계획이냐?"

어디에서 어디로 쏜 것인지 알 수 없는 핵탄두가 식탁 위를 가로질렀다. 멍청해진 아버지 앞에 섬광이 일었는지, 섬광 앞에서 아버지가 멍청해졌는지는 몰랐다. 어쨌거나 버섯구름이 피어올랐고, 아버지와 형과 누나는 한동안 시력을 잃었고, 지구는 생물시대 이전의 고요를 되찾았다. 어머니만이 GMO와 SRM을 골고루 씹어대고 있었다. 나는 그 와그작거리는 소리와 함께 세상의 모든 콘센트에서 한 쌍의 더듬이가 자라나는 것을 본 것 같았다.

*

내 소설의 유일한 결격 사유가 있다면 집이었다. 내가 소설가가 되지 못하리라 믿어 의심치 않는 학교 선생님은 말씀하셨다. 네 문장은 너무 윤리적이야, 제발 집에서 벗어나! 사부님 말이 옳았다. 나의 집은 윤리적이었다. 그러나 윤리만큼 폭력적인 게 없다는 사실을 아시는지? 악은 악을 권장하지 않는다. 악에게는 자신이 가장 악한 편이 이득이므로. 하지만 선은 자신의 방식을 항상 강요한다. 호응해주는 사람이 없으면 금방 초라해지니까.

아버지는 강남이 생기기 전에 강남에 이주했다. 서울의 변두리인 성동구 학동, 통칭하여 영동(永東 : 영등포의 동쪽)이었다. 형이 한 살 때, 내가 태어나기 십 년 전. 서울에서 제일 싼 시영(市營)주택이었지만 사회적 수준이 있어야 입주권을 따낼 수 있었다. 아버지는 서울대 출신의 공인회계사였다. 군부독재하에서 한 인간의 윤리적 수준과 경제적 수준은 반비례했다. 기업들이 회계사에게 바라는 합법적인 절세(節稅)가 탈세임을 아버지는 투명하게 지적했고 덕분에 아버지의 소득은 점점 더 불투명해졌다. 거기까진 괜찮다. 죄다 나이키인 학교에 나이스를 신겨 보내서 매우 '나이스'한 학교생활을 했지만, 국가의 에너지 절약 시책에 지나치게 호응하셔서 어느 날엔 이층 내 방에 얼음이 얼고, 사교육 억제책에 솔선수범하셔서 학원은 문턱에도 못 가봤지만, 때로는 지나가던 행인이 미끄러져 소송을 거는 일이 없도록 봄에는 집 앞 골목길의 목련 꽃잎과 철쭉 꽃잎을 깨끗이 쓸고 겨울에는 내리는 족족 눈을 완전히 제거해야 했지만, 정말 괜찮았다. 덕분에 군 생활

이 쉬웠다. 하지만 십대 내내 헤어스타일을 이 대 팔로 해야한다는 건 너무했다. 대학생이 통금 열한시를 지켜야 한다는건 지나쳤고, 학점이 사 점 영을 넘지 않으면 등록금을 대주지 않는다는 규정은 잔혹했다. 허가 없는 에어컨 사용 금지, 허가고 나발이고 보일러 조작 절대 금지, 세 시간 이상 티브이 시청 금지, 사용 끝난 콘센트 안 빼놓기 금지, 저녁 일곱시 이전 새벽 한시 이후 점등 금지, 단 하루도 늦잠 금지, 샤워 부스 밖에서 머리 털기 금지, 엄마 빼고 욕조 사용 금지, 엄마 빼고 헤어드라이어 삼 분 이상 사용 금지…… 일일이 열거할 수도 없는 수많은 금지는 곧 금기였고 그것의 효과는 다름 아닌 반(反)예술이었다.

나는 알고 있었다, 미워하면 닮는다는 것을. 어린 시절 누나 방에 들어와 아버지 욕을 할 때의 형의 말투는 항상 아버지와 똑같았지. 언제부터인가 아버지는 적이 아니었다. 형과 누나의 말마따나 "전 지구적인" 어떤 견고한 질서일지도 몰랐다. 나는 오랫동안 모반을 꿈꾸어왔다. 생깜의 미학이야말로 최선이라는 선배들의 충고는 추상적인 관념론에 불과했다. 그럼에도 저주받은 이천년대를 구원할 구체적인 거대 담론은 떠오르지 않았다. 나는 세계 평화를 지키는 편이 우리 집의 질서를 교란하는 것보다 쉬울 것 같다는 절망에 자주 빠졌다.

내가 첸지앙을 만난 건 그 절망이 일상과 만난 다음이었다.

중국인 혐오가 인터넷에 공공연하던 때였다.

아직 '대륙의 실수'라는 말조차 존재하지 않던 때.

일학년 때만 해도 간간이 눈에 띄었던 중국 학생들은 내가 예비역이 된 지금은 서서히 학교를 점령하고 있는 듯 보였다. 캠퍼스에서는 중국어를 듣지 않고 담배 한 대 피우기가 힘들었다. 편의점과 피시방은 아예 중화민국이었다. 그들의 인해전술이 나에게 최초로 불러일으킨 감정은 뜻밖에도 향수였다.

학교 앞 유흥가는 태고에는 개천이었다는 교문 앞 차도를 중심으로 갈렸다. 애들은 병원 뒤로 펼쳐진 오른쪽을 강남, 멀리 시장으로 향하는 왼쪽을 강북이라고 불렀다. 상고시대에 병원 뒤는 주택가와 식당가고, 유흥가는 지하철역 주변에만 있었다지만, 지금은 강남 강북 따질 것 없이 밥집과 술집과, 자취방과 노래방과 피시방과, 네일숍과 헤어숍과 코스메틱숍이 뒤섞여 있었다. 단 프랜차이즈 카페와 패스트푸드 체인과 세계맥주백화점과 참치집은 강남에만 있었다. 강남이 병원의 깔끔함을 물려받는 동안 강북은 버려진 생선 대가리처럼 썩어가고 있었다. 어디선가 중국인들이 몰려오기 전까지는.

그들의 논리는 질보다 양이었다. 요즘엔 아무도 안 먹는 레몬소주와 돈까스 안주를 사랑했다. 몇 년 전에는 파리 날리던 포켓볼 전용 당구장의 제2전성기를 가져온 것도, 록이나 헤비메탈을 틀어주는 술집의 명맥을 유지시키는 것도 그들이었다. 일인용 원룸에 여럿이 뭉쳐 살기, 일반 봉투에 통합 수거한 쓰레기를 들고 등교하기, 편의점 앞 파라솔에서 점심 때우기, 옆자리에서 남긴 안주 스스럼없이 가져다 먹기…… 형의 말에 의하면 이십 년 전 해외 한국 유학생의 모습이 딱 그랬단다.

강북에는 담벼락에 문이 달린 자취방들이 있었다. 문이 열리면 좁은 방에 가득 찬 애옥살림이 골목에서 훤히 들여다보였다. 그곳에 사는 애들은 문을 최소로 열고 최대한 빨리 나왔다. 주위를 꼭 한번 둘러본 다음 큰길까지 속보로 내빼곤 했다.

하지만 녀석은 문을 활짝 열고 나왔다. 남자애 한 명과 여자애 두 명이 더 걸어 나왔다. 처음에 눈에 띈 것은 그윽한 눈매와 우아한 콧날의 여자애였다.

얼굴을 헬멧으로 가린 채 오토바이 뒷자리에 올라탄 그녀는 자세까지 완벽했다. 녀석은 오토바이의 주인이었다. 삐까번쩍한 대만제 오토바이는 커피빈 앞에 자주 서 있었고, 야외에 앉아 커피를 꼭 모자라게 시켜놓고 떠드는 네 명은 나이키를 좋아했고, 녀석의 담배는 말보로였고, 녀석의 눈빛도 말보로였다. 어쩐지 녀석은 십 년 전 나의 로망이었던 이미지를 갖고 있었다.

녀석을 다시 만난 건 기대하지 않은 장소에서였다. 과외 월급을 받은 날이면 나는 참치가 먹고 싶었는데 학교 앞 도로 왼쪽에는 참치횟집이 없었다. 일인분에 이만 원이나 하는 비싼 집이었지만. 어디까지나 나는 고독을 씹고 싶었고, 고독을 씹으려면 주방장이 눈앞에서 회를 떠주는 '혼마구로' 같은 집이 제격이었다. 바에 혼자 앉아 주방장의 손끝을 보며 나는 자주 예술을 생각했다. 일테면 회 치는 것보다 칼 가는 게 더 중요할 수 있다든가, 아무리 많은 사람을 상대해도 문학이란 결국 외로운 사시미질의 반복이라든가…… 평소에는 잘 떠오르지 않던 수많은 단상들이 혀 위에서 부드럽게 녹아드는 시간이었다.

그 시간을 갑자기 침범한 게 녀석이었다. 주방에서 커튼을 젖히고 나타난 녀석은 '혼마구로'의 새로 온 알바생이었다. 처음에는 눈빛이 달라서 못 알아봤다. 말보로가 아니라 잔뜩 얼어 있는 황새치 눈깔이었다. 평소에는 인사도 않던 놈이 말끝마다 '손님'을 붙이며 필요 이상으로 깍듯했다. 나는 나를 모르냐고 물었다. 녀석은 국문과 선배님으로 알고 있다고 말했다. 나는 그런데 왜 '손님'이라고 부르냐고 했다. 녀석이 감히 웃었다.

"이름이 뭐냐?"

"자앙, 이에요."

"뭐 이름이 그러냐?"

"한국 발음이에요."

"사람 함부로 무시하지 말고 중국 발음으로 해봐."

"첸지앙, 이에요."

"첸지앙, 아무리 중국인이어도 선배를 몰라봐선 안 된다."

녀석의 눈동자에 번쩍 스파크가 일었다. 바 위에 국경이 그어졌다. 나는 국경 이쪽에서 근엄하게 맥주 한 잔을 마셨다. 마침내 녀석은 국경 저쪽에서 손을 다소곳이 모으고,

"제소옹함이다, 써언배님."

했다. 가식적이게도 난데없이 비굴한 눈빛이었다. 재미도 없고 긴장도 없는 싸움이었다. 가서 말보로 한 갑만 사 오라고 했다. 녀석은 담배 심부름이 금지돼 있다며 주머니에서 구겨진 디스플러스 갑을 꺼내주었다. 가증스러운데다 유치하기까지 한 연극이었다. 나는 녀석의 여친을 본 적이 있다고 말했다. 매우 미인이더라고 말했다. 내가 여친 외모에 대해 말한 것 자체가 잘못이기는 했지만 녀석은,

"가까이에서 보면 그렇지도 않아요."

라고 답했다.

뭐지, 이놈은, 하고 있는데 녀석은 그녀가 사정이 있어 당분간 중국에 가 있게 됐다고 말했다.

"무슨 사정인데?"

"아, 집을 옮겨야 하는데 한 달 남짓 지낼 곳이 없어져서요."

그때는 아이디어가 떠오르지 않았다. 말보로 갑 안에 들어 있는 디스플러스 같은 놈이란 생각만 했다, 며칠 뒤 전공과목 시간에 다시 만나기 전까지는.

교수가 중국인을 비하한 건 아니었다. 식민지 시대 만주 문학을 설명하다가 몇 년 전 불거졌던 고구려 역사 왜곡 문제와 중화주의의 상관성에 대해 짧게 언급했을 뿐이었다. 그런데 녀석은 벌떡 일어나더니 허공에 비장한 주먹질을 날리며 외쳤다.

우 멘 쉬 종궈런(我們是中國人).

우리는 중국인이다. 선언이 끝나자마자 중국인 네 명이 동시에 강의실을 떴다. 교수는 눈을 연속으로 깜박이다 마침내 실소를 터뜨렸고, 학생들은 저마다 입꼬리에 크고 작은 비웃음을 머금었다. 교수가, 뭐라냐? 하자 강의실은 한바탕 웃음으로 뒤덮였다. 나는 웃지 않았다. 머릿속 구멍들이 꽉 차는 느낌이었다. 사석에서는 비겁하고 공석에서는 과격한, 선배한테는 깍듯하고 교수한테는 무례한, 여친은 스스로 깎아내리고 모국은 결사적으로 지켜내는 저 불균형. 아이디어는 그때 떠올랐다.

나는 형과 누나가 없는, 오직 부모님과의 오붓한 아침 식탁에서 나의 새로운 아이디어를 풀어놓았다.

"한 달 동안만 중국 학생 한 명을 홈스테이 할까 해요."

오붓한 침묵.

"소액이지만 장학금도 주고요, 봉사활동 점수에도 들어간

20

대요."

오붓한 거짓말.

"어차피 형 방 누나 방도 비어 있잖아요. 하숙비는 받을 거고, 무엇보다 중국어를 가르쳐주기로 했어요. 다가오는 글로벌 시대에는 중국어가 중요하다고 하셨잖아요. 아니면 매달 학원비를 주시든지요. 일 년은 배워야 할걸요?"

오붓한 협박. 드디어 아버지가 나를 한번 힐끗. 나는 그의 걱정을 제거했다.

"사고 치면 강제 출국당해야 하는 학생 신분이에요. 제가 책임질게요."

그리고 쉼표 한 번 찍지 않고 그의 정곡을 파고들었다.

"아시아 평화를 위한 국가 차원의 장려 정책이래요. 중국인 홈스테이 말예요."

아버지만 설득하면 되었다. 우리 집에서 결정은 온전히 아버지 몫이었다. 형과 누나는 결정 후 발생할 수 있는 모든 가능성에 대비할 뿐이었다. 대한민국 법전에 버금가는 양의 규칙과 조항이 새롭게 제정되겠지만 상관없었다. 이번에는 지킬 게 아니라 어길 거니까. 그것도 내가 아닌 중국인이. 녀석이 개판을 칠 때마다 연대책임이 부과되겠지만 무섭지 않았다. 어떻게든 이 집의 경제학처럼 정확하고 물리학처럼 복잡하고 유전공학처럼 정교한 질서를 흔들 수만 있다면 유전자 변이를 일으켜 광우나 거대 고추 따위로 변해도 상관없을 것 같은 심정이었다.

녀석은 당연히 아버지보다 쉬웠다. 문리대 앞에서 건방진 자세로 담배를 피우고 있는 녀석에게 다가가 나는 단도직입으로 말했다. 나에게 중국어를 좀 가르쳐주는 대가로 한 달 동안 공짜로 우리 집에 묵는 게 어떻겠는가. 녀석은 자신이 디스플러스가 아닌 말보로를 피우고 있다는 사실을 까맣게 잊은 채 합장을 하고 고개를 깊숙이 숙였다.

"페이 창 간지."

한국 발음으로 "비상감사(非常感謝)." 맘에 드는 발음이었다. 그 말을 할 때 녀석의 눈빛은, 눈알을 통째로 뽑아 조낸 칼질해서 백련초와 함께 소주에 빠뜨려 휘휘 저어 원샷해도 시원치 않을, 한마디로 "비상"한 것이었으니까.

*

녀석이 온 지 삼 일째 되는 날 아침부터 집안의 평화는 깨져 있었다. 기대하던 바였다.

아버지 왈, "도대체 누가 건드렸는지" 새로 산 컴퓨터 프린터와 스팀다리미와 다용도실의 조명이 한꺼번에 고장 났다는 거였다. 나는 귀찮아서 미칠 지경이었지만, 첸지앙과 함께 멍청하게 서서 아버지의 질문에 일일이 답할 수밖에 없었다. 문제가 해결되기 전까지는 아침밥을 먹지 못할 게 뻔했다.

설명하기 쉽지 않지만 우선 프린터는, 잉크가 떨어져서 누나가 인터넷쇼핑몰에서 카트리지 정품을 구입했는데, 교환하려고 뚜껑을 열어보니 원래 카트리지가 쥐도 새도 없이 사라진데다 새것이 도저히 꽂히지도 않는바, 누군가 잉크를 훔치면서 프린터와 카트리지를 연결해주는 부품까지 빼갔다고밖에는 납득되지 않는다는 것이었다. 아버지는 "가만있어봐"라는 한마디로 나와 첸지앙을 멀쩡하게 세워두고, 누나와 형은 물론, 어린 손자들한테까지 죄다 전화해, 혹시 잉크 가져갔냐, 실수인 거 다 아니까 반환하면 보복 없다, 고 반복해서 말했다. 괜히 손이라도 살짝 댔다간 고장 낸 장본인으로 백 퍼센트 몰리게 되므로 나는 프린터와의 거리를 좁히지 않았다. 하지만 첸지앙은 통화중인 아버지의 뒤를 높은 포복 자세로 돌아가 파워박스와 프린터의 전원을 씩씩하게 눌렀다. 프린터는 재장전된 첨단 무기처럼 무시무시한 소리를 내더니 구석에 꽁꽁 숨겨두었던 카트리지를 입 밖으로 순순히 내놓았다. 기대하던 바가 아니었다.

한편, 스팀다리미의 문제는 물이 샌다는 것이었다.

"세워놓으면 되잖아요. 이건 원래 세워놓는 거라고요."

나는 생애 최초로 소신 있게 대응했다.

"그랬다가 발에 걸리면 어쩔 거냐. 넘어져서 고장 나거나 발이 찢어져 세균 감염으로 죽기라도 하면 네가 책임질 거냐?"

첸지앙은 이번에도 별짓 안 했다. 아버지가 AS센터에 전화해 상대방의 말은 들어보지도 않고 집중사격을 해대는 동안, 뽑혀 있던 코드를 연결해 다리미를 켰다 끄고 원래대로 코드를 뽑아놓았을 뿐이었다. 그러자 아무리 흔들어도 물이 새지 않았다. 나는 내가 가진 뇌세포의 총량을 동원하여,

"그러니까 잔열을 이용하겠다고 다리미를 끄기도 전에 코드부터 뽑는 게 문제라고요. 이건 전원이 들어왔을 때 스위치를 내려야 노즐이 막히게끔 설계돼 있는 거니까요."

논리적으로, 정확하게 문제점을 짚었으나 아버지는 듣지 않았다. 죄책감과 경외심이 뒤섞인 표정으로 첸지앙에게 물었다.

"혹시 다용도실 조명도 고칠 수 있겠니?"

녀석은 못 알아들었다는 표시로 고개를 갸웃했다. 아버지가 첸지앙을 다용도실로 끌고 가, 불이 들어오지 않는 상황을 보여주었다. 전구를 갈아 끼웠는데도 다용도실과 실외에만 불이 들어오지 않는다는 거였다.

"사실 그건 제가……"

첸지앙이 고개를 푹 숙이더니 얼굴을 붉혔다.

"제가 바깥에 전원, 그 모냐, 두꺼비, 그걸 꺼놨어요. 재, 재송……"

나는 회심의 미소를 지었다. 네가 드디어 사고를 쳤구나.

"아예 두꺼비집 전원을 내려놨다고? 이쪽만?"

"네에."

"그건 자네가 왜?"

첸지앙은 열심히 변명했다. 세탁기는 코드를 뽑았다 꽂았다 하는 게 위험하지 않은가, 다용도실은 낮에는 항상 햇빛이 비치고, 실외는 어차피 거의 켜지 않을 테니 빼놓는 게 이익이라고 생각했다…… 등등.

"혁명적이군."

자칭 4·19세대인 아버지는 말했다. 그리고 어떻게 그런 생각을 했냐고 묻자,

"베이징에서, 사람들 다 그래요."

대답하며 첸지앙은 웃었다. 볼에는 전에 못 보던 보조개까지 패어 있었다.

그게 끝이 아니었다. 다음 날 녀석은 저녁 식사를 마치고 나서 도저히 못 참겠다는 듯 설거지를 하려는 엄마를 막아섰다.

"샹하이에서, 여자들 접시 씻는 거, 있으 쑤 업써요. 집에 일, 밖에 일, 다 남자가 해요."

"그럼 여자들은 뭘 해요?"

"애 잘 키우면 돼요."

엄마가 피식 웃더니, 곧바로 상하이 아줌마가 돼서 말했다.

"여보, 준우, 들었어? 난 애를 세 명이나 키웠는데? 준우야, 어쩔까? 손님한테 설거지를 시키는 게 옳겠니?"

모든 게 정말 옳지 않았다. 이제 아침 식탁에는 세계지도 대신 중국 대륙이 펼쳐졌다. 아버지는 첸지앙에게 베이징 사

람들의 절약 방식에 대해 꼬치꼬치 캐물었다. 첸지앙은 베이징뿐만 아니라 중국에서는 대도시에 사는 사람들도 보일러를 잘 켜지 않고 생활한다고 답했다. 에어컨은 아예 상상도 할 수 없으며, 두꺼비집도 절반 정도는 내려놓고 산다. 아버지는 첸지앙의 말을 그대로 자신의 알리바이로 삼았다. 엄숙한 말투 속에 애처럼 좋아하는 조바심이 약동하고 있었다.

"그것 봐, 이러니까 우리가 국가 경쟁력에서 뒤지는 거야. 대한민국이 언제부터 잘살았다고…… 만날 나를 이상한 사람으로 몰고 말야."

그러면 엄마는 상하이 남자들의 생활 습관에 대해 물었다. 상하이 남자들이 아내를 위해 요리를 하고, 청소를 하고, 저녁마다 자전거에 찬거리를 사 와 바치고, 잘못을 하면 벌을 서고, 심지어 뺨까지 얻어맞는 동안 아버지는 그저 헛기침만 해댔다. 엄마는 매우 현실적인 사람이었다. 하루아침에 모든 걸 바꿀 수 없다는 사실을 알았다.

"그런 의미에서 오늘은 에어컨 좀 켜볼까?"

요구는 매일매일 바뀌었다. 그게 문제였다. 청소나 빨래나 다림질을 요구하는 날도 있기 때문이었다. 첸지앙에게 시키는 것은 "손님"을 대하는 법도가 아니었고, 아버지가 나서는 것은 가부장을 모시는 조선의 "법도"가 아니었다. 그리하여, 아버지와 엄마가 첸지앙과 함께 중국 대륙을 여행하는 동안, 나는 종종 상하이에 처박혀 구슬땀을 흘리고 있었다. 전혀 예상했던 바가 아니었다.

더욱더 예상하지 못한 일은, 평소에는 절대 일하지 않는 첸지앙이, 하필 누나가 왔을 때 화장실에서 온 가족의 속옷을 손빨래하다 들킨 사건이었다. 첸지앙 손에 들린 거품 묻은 브래지어를 보고 깜짝 놀란 누나가 물었다.

"왜 그걸 손빨래해요?"

첸지앙이 미간에 주름을 잡으며 답했다.

"속옷 양말 다른 옷이랑 함께 빠는 거 불결하자나요."

누나의 표정은 심각해졌다. 나는 누나가 이 사건을 절대로 그냥 넘어가지 않을 것이며, 첸지앙을 집에서 내쫓음은 물론 고소를 할지도 모른다고 생각했지만 누나는 그 대사를 듣자마자 놈에게 꽂혀버렸다. 속옷 빨기는 금지되었지만 누나의 이상행동은 이제 시작이었다. 나한테는 평생 안 하는 머리 쓰다듬기를 하질 않나, 놈이 무슨 말을 할 때마다 어깨에 손을 가져다 대며 호들갑스럽게 웃었다. 첸지앙이 열 살만 많았어도 나는 중국인 매형을 두게 되었을지 모른다.

나중에 안 사실이지만 속옷을 따로 빠는 것은 중국인들의 습속이었다. 어떤 중국 여학생은 나에게 속옷을 함께 세탁기에 넣는 것이야말로 한국 사람들한테서 제일 이해 못할 일이라고 말했다.

하지만 놈은 중국인이기 이전에 첸지앙이었다. 어느 날 밤 머리를 감고 방에 들어서려다 나는 녀석의 전화 통화를 엿들고 말았다. 대부분 못 알아들을 말이었지만 몇 가지는 분명했다. 녀석은 우리 집 식구들을 비웃고 있었다. 게다가 친구들을 불러 감히 우리 집에서 파티를 벌이고 싶다고 말하고 있었다. 통화의 말미에 녀석이 던진, 내가 가장 정확히 들은 대사는 낯설지 않은 것이었다.

우 멘 쉬 종궈런(我們是中國人).

*

방공호가 견고해질수록 집은 낡아갔다. 개축한 지 삼십 년된 이층 슬레이트집이었다. 겉은 시멘트 덩어리였지만 속은거의 전부 나무였다. 창문은 이제 죄다 짝이 맞지 않았고, 나무 벽은 손으로 한번 퉁 치기만 해도 미세한 가루들이 우수수떨어져 내렸다. 이층으로 올라가는 계단의 난간은 이미 한 번씩 다 뽑힌 것을 종이를 끼워 박아 넣거나 접착제로 간신히붙여놓은 상태였다. 삼면이 맞붙은 모서리는 하나같이 곰팡이로 얼룩져 있었고, 작은 판자들을 짜 맞춘 마룻바닥은 걸음을 옮길 때마다 이미 고통에 인이 박인 노인처럼 힘없는 신음을 내뱉었다. 곳곳에서 낮은 한숨 소리와 관절이 뚝 하고 꺾이는 듯한 잡음과 뿌웅 하고 남몰래 뀌는 방귀 소리와 때로는설사를 하는 듯한 발작적인 소음이 났다. 그리고 그 모든 살아 있는 소리들이 요란한 매미 소리에 묻힌 어느 여름날 밤, 그들은 우리를 습격했다.

처음에는 한두 마리가 눈에 띄었을 뿐이었다. 평소에도 종종 보는 곤충이라 무시해버린 다음 순간, 그들은 이미 거실 바닥을 촘촘하게 덮고 있었다. 한두 마리와 끊임없는 물결 사이에는 납득할 만한 시차가 없었다. 아버지와 나는 카펫처럼 깔린 악몽을 맨발로 와직빠직 밟으며 뛰어가 각자 파리채와 에프킬라로 무장했다. 놈들은 어디선가 밀려오고 있다기보다는 초고속으로 자기 복제하여 중심도 주변도 없이 증식했다. 검지 않았다. 커다란 그물 위에서 팔딱거리는 갈치 떼처럼 빛났다. 거실 바닥이 그물처럼 흔들리고 있었다. 나는 그 위에서 살아남기 위해 허우적댔다. 시간이 멈춰 있었던 긴 사투 끝에 현재로 돌아오니 바닥에 멸치처럼 죽어 있는 그것들은 한 쌍의 은빛 겉날개를 가진, 고작 개미들이었다. 찢어지고 떨어진 날개가 즐비했으나 공중에 뜬 놈은 한 마리도 못 본 것 같았다. 놈들은 꿈속에서만 악마의 형상을 하고 떼로 날아다녔다.

"이건 수개미인데……"

곤충 전문가는 말했다.

"수개미가 왜? 어디 암개미가 있나요?"

지금 생각해도 죽고 싶을 만큼 쪽팔린 질문을 내가 했다.

"암개미가 아니라 여왕개미인데, 군집 생활을 하는 곤충들의 특징인데, 여왕개미는 일 년에 한 번 교미를 하는데, 보통은 수백 마리의 수개미들이 여왕개미를 따라 날아 올라갔다가 하늘에서 떨어지는데, 그런데 이건 특이한 경우인데……"

'인데……'로 계속 이어지는 전문가의 말투는 덜 나온 똥처럼 찜찜했다. 하지만 아예 숙변이 될까 봐 쉽게 끊을 수도 없었다. 아버지와 나는 교대로 목구멍으로 침을 넘겼다. 그때마다 작은 날개 조각이 목젖에 걸려 있는 느낌이었다.

"아마도 과생산된 수개미들을 일개미들이 한꺼번에 내쫓은 것 같은데, 그럼 애들은 남자구실도 못한다는 건데……"

중얼거리는 남자의 눈빛에는 초점이 없었다. 나는 목구멍이 근질거려 참을 수가 없었는데,

"그니까 왜 하필 여기로……"

어느새 나조차도 말줄임표를 사용하고 있었다.

"쫓아내는 통로가 하필 이 집 거실로 뚫려 있는 모양인데……"

"그럼 어떻게 하면 좋겠소?"

"개미집을 찾아야 하는데……"

"개미집을 어떻게 찾아낼 수 있소?"

"거실 바닥을 죄다 뜯어내야 하는데……"

그는 돈도 못 받고 집에서 쫓겨났다. 당연히 아버지는 "아직 십 년은 끄떡없는" 바닥을 뜯을 생각이 없었다. 그게 만으로 육 년 전이었다. 내가 군대에서 개미 떼에게 가위눌림을

당했을 때는 억울하게도 아무 일 없었고, 이듬해 개미가 어김없이 돌아왔을 때는 하필 나의 상병 휴가 기간이었다. 여름이 시작될 무렵이면 아버지와 나는 매일 밤 번갈아 불침번을 섰다. 그동안 형과 누나는 수많은 가설과 해결책을 내놓았지만 말뿐이었고, 개미 대전은 이미 일상적인 연례행사가 된 지 오래였다.

처음부터 개미를 염두에 두지 않은 건 아니었다. 하지만 상황이 이렇게 된 이상 좀 더 치밀해야 했다. 나는 형의 지난 사년간 기록을 토대로, 개미가 꼭 유월의 보름 무렵에 출현한다는 결론을 얻었다. 앞뒤로 삼 일의 오차가 났다. 넉넉잡아 오일 동안만 부모님이 집에 없으면 된다는 뜻이었다.

나는 정기적인 저녁 식탁 자리에서 추첨을 위장한 제주도 효도관광 티켓을 내밀었다. 하필 개미가 나올 무렵이라 걱정된다고 선수를 쳤다. 집에서는 공짜로 얻은 무언가를 그냥 버린다는 건 있을 수 없는 일이었다. 아버지가 주위를 휘둘러보며 말했다.

"준우한테 맡길 수는 절대로 없다."

형은 하필 그 무렵 지방의 학회에 참석해야 한다고 차분하게 보고했다. 누나는 그즈음 새 프로젝트 때문에 몹시 바쁠 예정이라고 잘라 말했다.

"여보, 그럼 내가 친구랑 갈까?"

엄마가 물었다. 나는 심장박동이 빨라지며 윗배가 울렁거렸다.

"여기 효도상품이라고 적힌 거 안 보여?"

아버지가 반문했다. 진심으로 고개가 끄덕여졌다.

"제가 새롭게 알아낸 건데요, 개미는 볼펜으로 그어진 선을 못 넘어온대요."

형이 진지함을 가장하여 헛소리를 했다. 누나가 질세라 잽싸게 덧붙였다.

"개미는 백반을 싫어해요. 백반이라면 얼마든지 구할 수 있어요."

그때만 해도, 농담인 줄 알았다.

방 두 개를 제외하고 스무 평쯤 되는 거실과 부엌과 복도였다. 그냥 대충 하다 보면 될 것을 형은 정확한 설계도를 작성했다. 장장 이십구 점 칠 미터에 해당하는 벽과 바닥의 경계에 이중의 부비트랩이 설치되었다. 하나는 마분지 위에 볼펜으로 두꺼운 띠를 두른 울타리였고, 또 하나는 무려 이백여 개의 샬레에 담긴 백반이었다. 이번에는 손님이고 뭐고 없었다. 첸지앙과 내가 형과 누나의 풍부한 상상력을 현실화시키는 데는 꼬박 한나절이 걸렸다. 아버지가 완성된 작업을 시찰하시고 나서 한마디 더 하기 전까지는.

"혹시 모르니까, 한 번씩 더 둘러라."

문단속, 가스 점검, 쓰레기 분리수거, (첸지앙 감시), 화장실 사용 규칙 준수, 전기 조심, 외부인 출입 금지, (첸지앙 감시), 에어컨 사용 금지, 보일러 조작 금지, (첸지앙 감시)…… 부모님은 똑같은 말을 백 번쯤 반복하고 나서야 게이트를 통과했다. 고작 삼 주를 같이 지낸 중국인보다 이십몇 년을 함께 보낸 막내아들이 더 믿음직스럽다니 다행이었다. 감격한 막내아들은 문턱을 넘고 나서도 끝내 뒤돌아본 아버지를 향해 명랑하게 손을 흔들어주었다.

나는 첸지앙에게 허심탄회하게 말했다. 나는 지금까지 한 번도 외박을 해본 적이 없다. 그래서 여자 친구와 밤을 함께 지내보지도 못했다. 녀석의 눈동자 속에서 개미들이 날갯짓을 하고 있었다. 그래서 하는 말인데……

"부모님 안 계시는 동안 여친이랑 여기서 같이 지낼까 해. 미안한 얘기지만 그동안 네가 외박을 좀 해줬으면 싶은데."

녀석의 눈빛이 새까맣게 죽었다. 나는 만일의 사태에 대비해서 한 가지를 더 당부했다. 만약 이 사실을 알리면 너의 홈스테이가 학교 정책이 아니라는 걸 부모에게 알리겠다. 그러면 너는 꽤 많은 액수의 하숙비를 물어야 할 거야.

첸지앙은 이해한다고 말했다. 중국에서는 이방인에게 집을 맡기는 건 있을 수 없는 일이라고 했다. 나는 녀석에게 너는 이방인이 아니라 나의 정신적 가족이라고 답했다. 녀석은 볼까지 붉히며 황송한 척했다. 녀석이 토를 단 건 딱 한 가지 안건에 대해서였다.

"여자 친구…… 이써써요?"

첸지앙은 친구 집에 가 있겠다고 했다. 하지만 나는 가 있을 곳이 떠오르지 않았다. 여관이건 피시방이건 노숙이건 나도 집에 들어오지 못할 처지였다. 집은 비어 있어야만 했다. 그러면 녀석을 감시할 필요도 없고, 집 밖에 있는 한 나도 집안의 수많은 규칙들을 어길 방법이 없을 테니까.

내 타깃은 첸지앙 따위가 아니었다. 형과 누나의 부비트랩이 실패하리란 건 이미 확신하고 있었다. 부모님은 오후 두시쯤 돌아오게 돼 있었다. 나는 저녁때쯤 들어가 하필 어제만 외박했는데 하필 그때 개미가 나타난 모양이라고 둘러댈 참이었다. 아무리 기말고사 기간이라고 변명해도 나는 벌레처럼 맞게 되겠지. 만신창이가 돼서라도 내가 원하는 건 오직 개미뿐이었다. 나무와 나무 사이의 벌어진 틈에서, 찢어지고 부푼 벽지 속에서, 계단 밑에 몇십 년째 쌓여 있는 잡동사니들 사이에서, 혹은 전혀 예상치 못한 미지의 공간에서 오랫동안 낡은 간지처럼 발견될 개미들. 어쩌면 그 개미들은 콘크리트 상자 속에서 틀어지고 갈라지기 시작한 나무 집을, 조금이라도 더 오래 버티게 해줄 것이다.

개미는 아버지와의 통화 시간을 단축시키는 데도 특효를

발휘했다.

"개미는?"

"안 나왔어요."

"확실해?"

"정 못 미더우시면 직접 와서 확인하시든지요."

그러면 아버지는 끄응, 하는 신음과 함께 전화를 끊었다. 옛날 같으면 상상도 못함은 물론 죄책감이 느껴질 상황이었다.

어쩌다 아버지는 저렇게 약해지셨나. 어쩌면 사사건건 형 누나와 비교당했던 시절이 차라리 좋았는지도 몰랐다. 그때는 형과 누나가 유명한 사람이 될 거라고 믿어 의심치 않았으니까. 어바나-샴페인에서 이십대에 박사를 따고 돌아와 십년째 시간강사인 형은 손자들을 앞세워 본가로 돌아올 기회만 호시탐탐 노리고 있었다. 연대를 차석으로 합격해 공부만 하다가 지금은 삼십대 초반의 비정규직 연구원인 누나는 계약이 끝남과 동시에 일 년 전 무리해서 얻은 월세 오피스텔을 나와야 할 형편이었다. 동네의 모든 집이 빌라로 용도 변경을 하는 바람에 우리 집은 조망권과 일조권을 모두 빼앗겼지만 아버지에게는 재건축은커녕 리모델링할 돈도 없었다. 서울 밖으로 떠나야 하는 건 기정사실이었으나, 아버지의 사전에서 사실상 이사는 불가능했다. 지하 방공호를 옮길 수 있는 새로운 이사 시스템이 나오지 않는 한. 아이러니여 영원하라.

이틀 연달아 과외 아르바이트를 했다. 이번 프로젝트의 출

혈이 너무 컸다. 전공과목 시험공부가 절박했던 것도 그 때문이었다. 투자비 상환을 시도하기도 전에 내일은 벌써 법정 지급기일이었다. 금기만 사라지면 수시로 강림할 것 같았던 말랑말랑한 문학적 상상력은 부도수표로 남아 있었다. 철옹성 같은 독재가 사라지자마자 눈앞에 펼쳐진 건 강남이냐, 강북이냐의 선택뿐이었다. 선택이랄 수도 없었다, 나는 매일 밤 질보다 양이거나, 분위기보다 스피커 볼륨인 강북의 술집에서 채 맥주 세 병을 못 비우고 일어섰다. 그곳에서 나는 한동안 잘 데가 마땅치 않아진, 중국 모 대학의 한국 유학생 같았다.

마지막 날에야 큰맘 먹고 '혼마구로'에 갔다. 첸지앙은 일하지 않는 날이었다. 대신 첸지앙의 여친이 있었다. 혼자인 그녀는 나를 보자마자 눈을 동그랗게 떴다. 어색하게 눈인사를 하고 U자형 바의 반대편에 앉았다. 그녀는 분명 나를 훔쳐보고 있었다. 우수에 잠긴 척 고개를 숙였다가 들면 여자는 내 시선을 황급히 피했으나 눈동자에 가득 찬 물음표를 숨기지는 못했다. 나는 불규칙한 리듬으로 여러 번 여자와 눈이 마주쳤다. 결국 여자는 술잔을 들고 내 곁으로 왔다.

여자는 약간 멍한 표정을 짓고 있었는데, 그게 다 나 같은 놈들 때문이라는 걸 그때는 몰랐다. '중국인이라고 선배를 몰라봐선 안 된다.' 내가 그렇게 말한 걸 첸지앙에게 들었겠지. 첸지앙이 그놈은 그런 놈이니 눈 밖에 나지 말라고 일렀겠지.

"중국에 간 줄 알았는데요?"

여자의 눈이 동그래졌다. 여자는 당분간 중국에 갈 계획이 없다고 말했다. 그럼 왜 첸지앙과 따로 살게 된 거지?

"저만 외국인 기숙사 들어가게 되써요."

이번에는 여자가 물었다.

"파티에 가지 아니써요? 벌서 끝나써요?"

"파티? 무슨 파티요?"

"첸지앙이 오늘 그쪽 가족과 파티 있다고 해는데요. 첸지앙은 어디 이써요?"

나는 마침내 재채기를 터뜨렸다. 머리에 구멍이 송송 뚫리는 기분이었다. 낌새만으로 모든 걸 눈치챈 여자가 갖고 온 술잔을 비우더니 낮게 포효했다.

"첸지앙!"

그렇게 외칠 때 그녀의 눈빛은 전혀 멍하지 않았다.

택시는 참으로 더디게 강남의 빈집을 향해 달려갔다. 택시 안에서 건 전화를 첸지앙은 받지 않았다. 정말이지, 나한테는 친구 집에 간다고 하고 여친에게는 나에게 온다고 하고 놈은 어디로 갔을까. 상하이? 아님 베이징? 아마도 옷이라도 가지러 들렀다가 내가 집을 비울 작정임을 간파했겠지. 계획대로 친구들을 불러 파티를 열었을 것이다.

예정보다 일찍 도착한 건 나뿐만이 아니었다. 현관에 들어서자마자 나는 갓 도착했음에 분명한 부모님의 뒷모습을 볼 수 있었다. 집은 지나치게 깨끗했다. 몇 군데 남아 있는 고작 십수 마리의 개미를 제외하면. 부모님이 좀비가 된 듯한 무표정으로 나를 뒤돌아보았다. 부쩍 늙어 보이는 얼굴이었다. 천천히, 부모님이 가리고 있는 거실 한복판으로 다가갔다. 놀랍게도 그곳에는 어디서 왔는지 알 수 없는 소(小)외계인들의 비행접시 한 척이 불시착해 있었다.

"어찌 된 일이냐?"

"글쎄요. 어느 별에서 온 애들일까요?"

라고 아버지와 내가 대화를 나누기도 전에 오토바이 소리가 들렸다. 곧이어 은은한 술 냄새와 여자의 것임에 틀림없는 독한 향수 냄새를 풍기며 녀석이 들어왔다. 들어오자마자 인사도 없이 자신이 해놓은 짓을 확인하더니 박수를 치며 좋아했다.

"개미, 설탕 조아할 줄 아라써."

하면서 손잡이를 떼어 뒤집어놓은 들통 뚜껑 앞에 무릎을 꿇었다. 합장까지 하고 좋아하는 꼴이 올림픽에서 메달이라도 딴 것 같았다. 그러니까, 저 정체불명의 우윳빛 액체가 고작 설탕물이라고? 단지 설탕물로 그 무시무시한 개미군단을 일망타진했다고? 그러고 나서 보니 개미 떼는 채 몇 줌도 되지 않는 패거리에 불과해 보였다.

아버지의 눈동자가 폭발하기 직전의 지구처럼 분열하고 있었다. 그건 아버지가 제일 싫어하는, "무질서"보다 더 나쁜 "위험"한 방식이었다. 하지만 윤리적이지 않다고는 말할 수 없었다. 그제야 나는 녀석이 진정으로 "혁명적"인 일을 해냈음에 동의했다. 내 가족들은 개미가 집 안에 들어오지 못하게 막으려고만 했지, 적극적으로 유인해 포획할 수 있다는 생각은 한 번도 해보지 않았던 것이다. 우리가 몰랐던 사실은 또 있었다.

"광뚱에서 개미, 노인들한테 좋아요."

첸지앙이 엄지를 들어 올리며 보조개를 깊이 팼다.

빛의 제2법칙

빛이 직진하지 않는다는 사실을 나는 아인슈타인이 아니라 나의 외로움으로부터 배웠다.

사방으로 창이 열린 집 안의 대낮은 빛으로 충만했다. 꼬마는 햇빛이 가장 많이 드는 거실 한복판에 앉아 있기를 좋아했다. 눈을 감으면 핑크빛의 세상이 보였다. 한참 노려보고 있으면 핑크빛이 가시며 만화경이 펼쳐졌다. 눈꺼풀 창에서는 세상의 모든 색이 흐드러지게 피었다 졌다. 색들은 점차 섞여 노란색과 초록색이 띠를 이룬 원환을 이루었다. 크고 작은 원환들이 천천히 맞물려 돌아가기 시작하면 몸속의 어떤 존재가 공중으로 떠올랐다. 원환의 사악한 손짓에 현혹돼서는 안 되었다. 소용돌이를 외면해서도 안 되었다. 빠져들거나 집중력을 잃는 순간 꼬마는 핑크빛의 세계로 물러나야 했다. 핑크빛의 세계는 초라했다. 고만고만한 애들로 가득 찬 교실처럼 시시했다.

서두를 이유는 없었다.

중요한 것은 빛을 헤아리는 일이었다. 광활한 우주 속에서 하필 지구, 하필 내가 사는 집의 거실을 선택한 빛의 입자. 빛의 입자는 눈으로 볼 수 있는 게 아니었다. 더구나 그 수많은 빛 속에서 나를 예정한 빛 하나를 찾아내는 일이라면 감각을 불신해야 했다. 보이지도, 들리지도 않을 때까지 웅크리고 있다가 차원의 입구가 열리는 어느 찰나에 나를, 나의 마음을 두려움 없이 내던져야 했다. 높은 절벽에서 저 밑의, 보이지 않는 마법 융단을 향해 훌쩍 뛰어내리듯이.

그것은 찾아내는 일이 아니라 기다리는 일이었다. 기다리는 일이 아니라 기다림을 잊는 일이었다. 나에게로 오는 빛의 발길은 끊이지 않았으므로 나는 외롭지 않았다. 나는 언제든 원하기만 하면 빛의 날개를 얻을 수 있는 아이였다. 나를 평범한 아이로 알고 있는 평범한 부모와, 하나같이 멍청해서 칭찬받는 학교의 아이들은 상상도 할 수 없는 세계에 속해 있었다. 나는 빛들의 왕이었다. 나는 내가 거실에 없는 동안 헛걸음했을 벗들에게 미안하지 않았다. 빛은 사라지는 게 아니었다. 나는 그들이 먼 우주를 거쳐 돌아오는 존재임을 알고 있었다.

빛은 시간의 지름길을 알고 있는 불멸의 여행자들이었다.

나는 거실에 앉은 채로 어디든 갈 수 있었다. 빛이 닿는 곳이라면 어디든지. 유일한 제약이 있다면 집의 울타리를 벗어날 수 없다는 거였다. 하지만 나에게 아무도 없는 한낮의 집 안은 우주보다도 넓었다.

내가 태어나기 전에 지은, 이제는 낡아가는 목조건물이었다. 벽을 통통 치면 흰개미들이 갉아놓은 나무가루가 우수수 떨어지고, 한 발 한 발 놓을 때마다 발밑에서는 등뼈 어긋나는 소리가 났다. 하지만 빛과 함께라면 공간으로부터 자유로울 수 있었다. 나는 굳게 잠겨 있는 방들을 여유 있게 둘러보며 나의 텅 빈 시간들을 채웠다. 첫번째 방문지는 형 방의 커다란 책상이었다. 서랍장 안에는 젠체하는 문구로 가득 찬 형의 일기장이 있었다. 철학자들의 명구(名句)와 설익은 청춘의 고민들이 뒤섞인, 존재는…… 인간은…… 사랑은…… 따위의 주어들로 가득 찬 문장들을 키득거리며 훔쳐보다가, 유리 진열장 안에 들어 있는 헬리콥터와 비행기와 탱크 속에 들어가 전쟁놀이를 했다. 책과 책 사이에 교묘하게 숨겨져 있는 누나의 편지는 언제나 쓰다 만 것이었다. 공부도 잘하고 기타도 잘 치고 컬러 찰흙으로 인형도 잘 만드는 누나는 왜 연애에 젬병이었을까. 미래의 내 애인은 프랑스 여배우처럼 깊은 눈빛을 하고 있겠지. 시시하고 평범하게 사느니 비극적인 사랑에 목숨을 바치겠어. 벽 속 어디에나 있는 불개미들의 일렬 행진을 뒤쫓다보면 안방이었다. 안방은 냄새의 숲이었다. 삼단 자개 화장대 위에서 조잘대는 화장품들의 향, 골동품 약장의 백 개도 넘는 서랍에 칸칸이 배어 있는 약재 냄새, 수가 놓인 이불보에 은은하게 묻어 있는 풀 냄새와 온갖 종류의 합성섬유들이 뿜어내는 냄새 따위로 어지러웠다. 후각이 냄새들의 불협화음에 익숙해지면 아버지의 컬러 티브이를 켰다. 아궁이에 연탄을 때우는 방, 종이 장판이 갈색으로 익다 못해 결결이 부서져나가고 있는 방 한구석에 놓인 외계의 물건. 나는 그 물건으로 AFKN의 컬러 방송을 본 게 아니었다. 외계의 생명체들과 교신을 한 거였다. 지구에도 빛을 타는 아이가 있음을 그들에게 알리고 싶었다. 언젠가는 그들에게서 빛을 타고 더 먼 곳으로 가는 방법을 배우게 되겠지.

그러니 그때까지는 가족들이 늦게 귀가하기를 바라고 있을 수밖에. 아버지와 엄마와 형과 누나가 반갑다는 듯 밝은 얼굴로 저녁을 먹고, 식사가 끝나면 하루 종일 그랬다는 듯 이층 서재에 처박혀 취침 시간까지 책을 읽어야지. 티브이에 나간 지 몇 해가 흘렀는데도 나는 여전히 어린이 독서왕이었다. 책은 나의 가면이었다. 가족들이 내 정체를 눈치채지 못하게 하려고 나는 책을 읽었다.

그러니 그때까지 나는.

해가 저물기도 전에 빛과 헤어져야 할 운명이었다. 햇덧이 긴 여름에는 이별이 더 길었다. 빛의 입자는 선뜻 떠나지 못해 내 주위를 빙빙 돌았다. 나는 괜찮다고 말해주었다. 내일은 다른 빛이 찾아들겠지만 우리는 헤어지는 게 아니라고, 언젠가 다시 만나게 될 거라고 속삭여주었다. 마침내 빛이 태양을 향해 날아오르면 나는 실눈을 뜨고 손을 흔들었다. 그러면 힘차게 답례하는 빛의 꼬리가 반짝반짝, 또 다른 시간의 입자들을 산란하는 모습을 볼 수 있었다.

안녕, 빛.

안녕, 꼬마.

* * *

네가 이 얘기를 어떻게 받아들일지 모르겠어.

너에 대해 얘기하려는 건 아니야. 얼마 전 절에서 만난 아줌마 얘기도 아니지. 이건 아이와 빛에 관한 이야기야. 예전에 말했잖아. 나는 어릴 때 빛을 타는 아이였다고. 너는 내가 엉뚱해서 좋다고 했었지. 나는 네가 캐묻지 않아서 좋았어. 입술이 움찔움찔하는 게 웃음을 참는 것 같았지. 지금도 너는 그런 표정을 짓고 있을 것만 같다.

어쩌면, 이건 표정에 관한 얘긴지도 모르겠어. 미처 짓지 못한 표정. 드러내기도 전에 사라진 표정. 아차, 하자마자 놓쳐버린 피아노 오블리가토 같은 거. 머리에 새로운 표현이 떠올라도, 손이 치던 대로 움직여서 지워버릴 때가 있다고 했었잖아. 이렇게 말해놓고 나니 네가 또 오해할 것 같다. 뭘 잘못했는지 알려달라는 말 따윈 안 했으면 좋겠어. 누누이 말했지만, 너한테는 잘못한 게 아무것도 없으니까.

우리 처음 만났던 교양수업 기억해? 그래, 그 배추머리 강사의 심리학 수업. 내가 교실 앞에 불려 나가서 단어 주고받는 게임을 했었잖아. 두 사람이 함께 몰입하면 어느 순간 한 사람은 말을 잃게 되는. 앞에 무슨 단어들을 내뱉었는지 몰라도 내가 멈춘 마지막 대목은,

엄마―제육볶음―천 원

이었어. 상대편 아이가 천 원이라고 한 건 이상하지 않지. 학교 앞 소줏집 제육볶음 안주가 딱 천 원이니까. 그런데 나는

왜 '엄마'라는 말에 대뜸 '제육볶음'이라고 답했던 것일까? 이유는 본인만이 알아낼 수 있다고, 곰곰 생각해보면 기억날 거라고 강사는 그랬지만 결코 떠오르지 않았지. 어쩌다 보니 그런 고민을 했던 것조차 잊고 있었어.

얼마 전 아줌마와 마주치기 전까지는.

그 아줌마는, 우리 집 가정부였어. 그런 표정 지을 것 없어. 그때는 그랬으니까. 단독주택촌의 초인종을 누르고 다니는 아줌마들이 종종 있었어. 먹여주고 재워주기만 하면 열심히 일하겠다고 애원했지. 엄마가 하필 그 아줌마를 집에 앉힌 이유는, 모르겠어. 이마에 커다란 흉터가 있었어. 돈벌레가 구불구불 기어가는 듯한 긴 흉터. 혹시 봤니, 그 흉터?

나는 아줌마가 맘에 들지 않았어. 지나치게 열심히 일해서 문제였지. 출퇴근하는 파출부가 아니라 이십사 시간 상주하는 가정부였는데, 장 보러 갈 때를 제외하면 외출도 하지 않았어. 덕분에 나는, 거실에 앉아 빛의 날개를 포획할 기회를 얻지 못하게 된 거야. 하루 중 내가 가장 사랑하는 시간이 사라진 거지. 우리 집 거실은 집 한가운데에 있거든. 어디서 어디로 이동하건 반드시 거실을 지나야만 해. 아줌마가 이층을 청소하고 있을 때에도 사정은 나아지지 않았어. 집 안에 사람이 있다는 자각만으로도 집중력이 흩어졌지. 고즈넉한 밤의 초침 소리 같았어. 별거 아니라고 무시하면 무시할수록 커지는 것 말이야.

어떻게 설명할 수 있었을까. 사실대로 말하자니 어린애 공상으로 치부할 것 같고, 그렇다고 그냥 포기하고 서재에 틀어박힐 수도 없고. 내내 소파에 앉아서 아줌마 하는 양을 불만스럽게 지켜볼밖에. 어쩌면 아줌마는 내가 감시한다고 생각했을까. 걸레가 한 군데라도 안 닿는 곳이 없었어. 보이지도 않는, 냉장고 뒤편이며 식탁 밑면의 구석구석, 유리 장에 진열돼 있는 술병 하나하나며 서랍 속에 들어가 있는 잡동사니까지 죄다 닦았다니까. 시간도 점점 짧아져서 처음에는 며칠 걸리던 게 한 달쯤 지나자 두 시간 정도로 압축되었지. 나는 순서가 생겨나는 과정을 보았어. 공간과 사람이 만나 서로에게 익숙해지는 과정. 사방으로 열려 있던 시간이 하나의 구불구불한 경로 위에 재배열되었지. 아줌마가 거실의 전면 창을 닦고 있으면 티테이블로 쓰고 있던 연자방아와 그 안에 들어가 있는 물건들이, 다음은 내 차례야 내 차례야, 하면서 지들끼리 줄을 서고 새치기하는 것 같았어. 나는 그 광경이 재밌어서, 아줌마 눈에는 나도 차례를 기다리는 대상으로 보일 수 있다는 걸 미처 생각지 못했지.

어느 날 나를 힐끗거리던 아줌마가 청소기를 내려놓았어. 갑자기 동작을 멈추는 바람에 시간이 정지한 줄 알았지 뭐야. 어디론가 사라진 아줌마가 나에게 가져온 물건은 털실이었어. 양 끝을 묶어 폐곡선 모양으로 만든 털실. 이 아줌마가 죽도록 일만 하더니 드디어 미쳤나. 내가 누군 줄 알고 이따위 물건을…… 밀어내버리려는데 다음 순간 아줌마 손에서 작은 마술이 펼쳐졌지. 긴 털실을 두 손으로 탁탁 몇 번 겹쳐 걸었을 뿐인데, 허공에 기하학적인 선분들이 나타나더란 말이야. 아줌마가 부드러운 목소리로 물었어. 실뜨기라는 거야. 한번 해보지 않을래?

결론부터 말하자면, 나는 그 놀이에 푹 빠져버렸어. 웃을 일이 아니야. 난 진지하게 말하고 있는 거야. 정말이지 빛을 타는 일 다음으로 재미있는 놀이였어. 실을 옮겨 가져오는 것만으로 이것이 저것이 되는 거잖아. 손동작 몇 번과 털실 하나만으로 수없이 많은 모양이 만들어지는 거였어. 더 놀라운 건 내가, 방송에까지 알려진 독서왕이,

번번이 졌다는 거야.

제대로 만들어진 것인지 아닌지는 본능적으로 알 수 있지. 실이 풀어져버리면 그게 게임의 끝이야. 새로운 시도를 할 때가 매번 고비였어. 하던 대로 하면 지게 되고, 무작정 바꾸겠다고 설쳐도 지게 되지. 아줌마는 이제는 없겠지 싶을 때마다 새로운 패턴을 선보여 나를 경악시켰어. 하루에 한 판이 아줌마 규칙이었지. 새로운 패턴도 며칠 걸려 한 개씩만 터득할

수 있었어.

혼자서는 연습할 수 없는 놀이지. 독서, 그림 그리기, 음악 감상과는 달랐어. 바둑도, 체스도, 블루마블도 혼자 할 수 있는데, 실뜨기는 둘 이상만 할 수 있는 거였어. 머릿속으로 밤새 연습해도 다음 날 해보면 엉뚱한 결과가 나오곤 했지.

어느 날 안방에서 하는 대화를 엿들었어. 떼를 쓰는 법이 없는 아이예요, 애답지 않게 포기가 빨라서 걱정이에요, 친구도 없는 것 같고요, 아줌마가 말했어. 저런 말을 듣는 엄마는 어떤 표정일까, 궁금해져서 거실 한복판에 앉았어. 몇 단계의 문턱을 넘어 빛의 날개를 고르는데, 결정적인 순간마다 실타래가 눈앞을 가로막았어. 빛의 등 위로 훌쩍 뛰어내렸다가 툭, 다시 뛰어내렸다가 또다시 툭,

자꾸 바닥으로 떨어지기만 했지.

다행히 아줌마가 하루도 빠짐없이 집에 있지는 않았어. 매달 첫번째 주 월요일이 휴가였어. 주말을 끼고 멀리 다녀오는 날도 있었어. 그때마다 연습에 몰두했어. 매일 할 때처럼 잘 되지는 않았지만 몇 시간만 애쓰면 행복한 비행에 나설 수 있었지. 아무 문제없었어. 엄마의 우려와 달리 나는 아줌마와 잘 지냈다고. 너무 가깝지도 멀지도 않게, 하루에 한 판씩 실뜨기를 하면서. 아니, 실뜨기는 내가 일찌감치 역전했고. 다

음에는 색종이 접기를 했고, 아줌마는 어떻게 그렇게 많은 것들을 접을 줄 알았던 것인지. 공기놀이도 했는데, 아줌마의 두텁고 상처 많은 손은 의외로 재빨랐지. 나 같은 애가 하기에는 좀 유치한 게임들이긴 했지만, 나는 엄마와 아줌마를 위해서, 열한 살짜리 아이에 충실했단 말이야. 아줌마는 충실한 게 아니라 지나쳤던 거지. 무슨 조선시대 노비도 아니고. 물론 엄마는 아줌마에게 꼬박꼬박 월급을 주었어. 하대하지도 않았고, 가족처럼 대했다니까. 식사만 해도 그래. 같이 먹자는 것을 아줌마가 번번이 고집을 피웠지. 주인집 식구들과 겸상하는 건 도리가 아니라면서. 상을 치우고 나서 혼자 식사를 했어. 반찬도 식구들이 남긴 것만 먹었지. 그러니까 제육볶음 사건은, 전적으로 아줌마의 잘못이야.

그날따라 식구들의 귀가가 늦어서 혼자 저녁을 먹는데 프라이팬 가득 제육볶음이 올랐지. 한참 자라는 애들은 다 그렇잖아. 간만에 고기반찬이 나왔는데 밥을 두세 공기 먹은 건 당연하지. 나는 그 프라이팬을 깨끗이 비웠어. 국물까지 밥에 싹싹 비벼 먹었지. 더 이상 그 나이에 맞는 행동이 뭐가 있었겠어.

그런데 아줌마가 울었어. 아무렇지 않다는 듯 수저를 들었는데 스르륵 눈물이 나왔어. 이상한 울음이었어. 무표정한 얼굴 위로 눈물만 흐르는 거야. 음정 없는 노래랄까, 리듬 없는 춤이랄까. 대체 저게 우는 게 맞을까 확신할 수 없었지. 그거 아니? 두부에 김치를 얹어 먹으면 돼지고기 맛이 나. 아줌마가 뜬금없는 말을 던지고 나서야 그게 눈물인 걸 알았어.

고기는 많이 남아 있었어. 더 구우면 그만이었지. 당장 부엌에 가서 내가 직접 볶아 올 수도 있었지만, 그 말이 무슨 뜻인지 이해해서는 열한 살짜리 어린애답다고 할 수 없잖아. 설마 알아들으라고 한 말이겠어? 혹시 알아들었을까 봐 걱정하고 있으면 어쩌지? 나는 확실히 해둘 필요가 있었던 거지. 내가 어린애라는 걸 분명히 인식시켜서, 아줌마의 걱정을 완전히 덜어주고 싶었어.

생애 처음으로, 간만에 늦게 나가는 엄마를 붙잡았지. 붙잡을 수 없다는 걸 알면서도 붙잡았어. 애초에 엄마의 외출을 막는 건 목적이 아니었으니까. 초등학교에 다니는 막내답게 떼를 썼지. 울며불며, 주저앉아 헛발질까지 했어. 연기라는 게 참 무서운 거야. 어느 정도 익숙해지니까 진짜 같더라니까. 눈에서는 사탕만 한 눈물이 뚝뚝 떨어지고, 치맛자락을 움켜잡은 손에는 핏줄이 섰어. 엄마는 어린애다운 어린애의 행동에 몹시 당황했지. 아줌마는 더더욱 당황해서 목까지 벌게졌고. 정말이지 대성공이었어.

천 원은 그때 등장한 거였더군.

도저히 나를 뿌리칠 방법이 없자, 엄마는 아줌마에게 나를 단단히 붙잡게 한 다음, 천 원짜리 지폐 한 장을 쥐여주고 나가버린 거지. 돈을 휴지처럼 구겨서 엄마가 사라진 곳을 향해 힘껏 집어 던졌어. 나중에 마지못해 받는 척 챙겨두긴 했지만. 그 뒤부터는 돈이 필요할 때마다 그렇게 했지. 액수는 점점 커졌고, 그 돈으로 나는 책과 음반의 개수를 늘릴 수 있었어.

이게 다야. 여기까지가 '엄마―제육볶음―천 원'의 사연이야. 좀 싱겁다고 생각할 수도 있겠다. 사실 제육볶음과 천 원이 중요한 건 아니야. 이 편지는 어떤 표정에 관한 이야기라고 했지. 이제 그 표정에 관해 말할 참이야.

언제였는지 정확히 기억나지는 않지만, 천 원 사건 후였던 것만은 분명해. 아줌마가 그랬거든. 엄마는 일이 있어서 나가는 거니까 떼쓰면 안 된다고. 신경질이 나서 미치겠다고 했더니, 정 못 참겠음 엄마 대신 아줌마한테 화를 내라고 했지. 나는 잠시 생각하다 침착하게 말했지. 뺨을 때려도 되겠느냐고. 몇 대건 내 분이 풀릴 때까지 맞아줄 수 있겠냐고. 어린 마음에 그냥 해본 말이었지, 정말 그렇게 하겠다는 건 아니었어.

뭐라고 설명해야 할까. 그건 아마도, 분노와 호기심이 뒤섞인 감정이었어.

아줌마는 생전 처음 보는 얼굴을 발견하게 되리라는 내 기대를 가차 없이 무질렀어. 한동안 나를 묵묵히 쳐다보더니 처음 나에게 실을 들고 왔을 때의 그 표정을 지어버렸지.

그 표정이 생각나질 않아.

다른 표정은 다, 갑자기 눈물을 흘릴 때의 표정도, 당황해서 새빨개진 얼굴도, 당장 그릴 수 있을 것처럼 선명한데, 이상하게 그 표정만 떠오르질 않아. 아줌마가 그때 지었어야 마땅했을 표정만, 그러니까 내가 머릿속에서 상상했던 표정들만 만화경처럼 펼쳐지고 있을 뿐이지.

언젠가 나한테 물은 적이 있었지. 너는 벽을 통과하는 아이였다면서, 근데 언제부터 안 됐는지 기억이 안 난다며, 혹시 오빠는 언제부터 빛을 탈 수 없게 되었는지 기억하냐고.

생각났어, 절에 들렀다가 산에서 내려오다가.
작은 암자에서 버선발로 뛰쳐나온 할머니, 기억하지?

한 달에 한 번 있는 아줌마의 휴가 날이었어. 그날은 아줌마가 나가는 대신 누군가가 집으로 들어왔지. 이마에 주름이 있었다는 것 외에는 떠오르는 게 없어. 아줌마는 그 사내가 아들이라고 했지. 난 믿지 않았어. 남편이라기엔 어렸지만, 아들이라기엔 너무 나이 들어 보였거든. 다 크다 못해 늙어가는 남자가 말끝마다 엄마, 엄마 하는데, 그때마다 웃음을 참느라 발바닥까지 간지러웠어. 아줌마는 웃음을 참지 않았지. 그렇게 환하게 웃는 건 처음 봤어. 눈썹이 고양이 등처럼 둥

글어지니까 이마의 흉터가 작아졌어. 뭐가 그리 반가웠을까, 한 달에 한 번씩 꼬박꼬박 만나왔다면서. 아줌마의 휴가는 아들을 보기 위해 있었던 거라면서. 얼굴을 감싸 안고 눈물마저 글썽이는데 이산가족 상봉이 따로 없더라. 두 사람은 아줌마가 기거하고 있던 쪽방으로 자리를 옮겼어. 부엌 밑 차고로 내려가는 길목에 있는 방. 본격적으로 수상해진 건 그때부터였지. 두 사람이 쪽방에 들어가자마자, 세상의 모든 소리가 사라져버렸어.

부엌 안으로 살금살금 기어가 문에 귀를 대보아도, 아무 소리가 들리지 않았어. 아무리 귀를 기울여도 나지 않는 소리가 아팠어. 소리의 공백이 자꾸만 자라서 몸속에서 풍선처럼 부푸는 것 같았어. 어쩔 수 없이 거실 한복판에 앉았어. 매번 미끄러져 떨어지면서도 한 번, 또 한 번, 빛의 등 위로 뛰어내렸어. 마침내 나는 빛을 타고, 두근거리는 가슴을 진정시키며, 가장 찬란하게 빛나는 빛의 등 위에 올라탔지. 거실 위를 천천히 비상하여, 정원으로 난 창을 뚫고, 건물 외벽과 담벼락 사이의 공간을 헤엄치듯 날아가, 쪽방이 있는 곳에 도착했어.

하지만 쪽방은 나를 받아주지 않았어. 나는 아줌마의 쪽방에 창이 없다는 것을, 아무리 빛이 강한 날에도 볕이 들지 않는다는 사실을 몰랐던 거야. 그제야 알았지, 나는 그동안 쪽방에 가본 적이 없다는 것을. 아줌마를 좋아한다면서 단 한 번도 그 방에 들어가본 적이 없었다는 것을.

두서없이 얘기가 길었네.

어린 시절, 어른들은 내 기억력에 감탄하곤 했지. 사회자가 무작위로 읽은 구절을 듣고 저자와 제목을 정확히 맞추면 방청석에서 박수가 터져 나왔어. 하지만 그 책을 읽으며 내가 어떤 감정을 느꼈는지는 아무도 궁금해하지 않더라. 읽은 문장을 죄다 기억하는 사람이 어디 있겠어. 내가 기억해낸 것은 책이 아니라 빛이었어. 눈을 감고 그 순간 만났던 빛의 얼굴을 떠올리면 어느새 그 문장을 읽고 있던 무렵으로 돌아가는 거야. 스스로 빛의 작은 입자가 되어, 아이가 서재 바닥에 비스듬히 누운 채 읽고 있는 책의 제목을 기웃거리기만 하면 되는 거였지. 나에게 기억이란 그런 거였어. 잠시 지금인 것처럼 구경할 수만 있을 뿐, 간직할 수도 데려올 수도 없는. 한번 입 밖에 내버리면 다시 보이지 않는 과거로 사라지는.

이 얘기를 하고 싶었어.

더 이상 기억나지 않는 표정은 없었으면 좋겠다는 얘기. 너이건, 네가 아니건, 이제 그런 표정은 보지 않았으면 한다는.

아마 이 편지는 너에게 전해지지 않겠지.

그건 너와 내가 계속 만나고 있다는 의미일 테니. 내가 무슨 말을 하건 너는 나를 이해할 수 없을 테니. 하지만 한번쯤은 누군가에게 말하고 싶었어. 세상을 살다보면 그런 순간이 있게 마련이라고. 왜, 그런 순간 있잖아. 아직 시작되지 않은 것을, 예감만으로 선명하게 알아버리는 때. 눈앞에 다가올 때까지 머뭇거리고 있다가는, 속절없이 마주치게 되는 시간 말이야. 그러니까 더 늦기 전에 안녕.

네가 나에게 지었던 표정과,
짓지 않았던 표정까지 모두.

안녕.

* * *

교수님.
네.
연상게임 재밌어요.
다행이네요.
교수님.
네?

아, 존댓말하지 마시라니까요?

응응.

교수님은 왠지 어린 시절이 없으셨을 것 같아요.

그럴 리가.

교수님.

응?

저 술 한 병 더 시켜도 돼요?

종종 그런 학생들이 있었다. 기말시험이 끝나고 쫓아오는. 광팬이 있어도 수강 인원은 열 명 남짓한 퇴출 위기의 심리학 수업. 개인적인 식사는 거절할 수도 있었지. 하지만 남자는 애들에게 잘 보여서라도 높은 강의 점수를 유지하고 싶었다. 학교에서, 수업을 없애버릴 수 없게.

교수님.

응?

교수님은 어디서 멈췄어요?

응?

연상게임 말이에요.

아…… 글쎄…… 하도 오래전이라.

기억이 안 나요?

그러네.

왜 그런지 알아요?

늙어서?

와, 어떻게 알았어요?

늙었으니까?

에이, 교수님은 완전 동안이시잖아요. 앞으로도 십 년은 쌩쌩하실 거예요.

이제 갓 마흔이 된 남자는, 어릴 때가 없었을 것 같은 동안은 어떤 얼굴일까, 잠시 생각했다.

바에 온 지 한 시간째였다. 처음부터 단둘은 아니었다. 여학생 한 명이 물어볼 게 있다며 술을 사달라고 했다. 가끔씩 이런 애들이 있었다. 자신이 여자라는 걸 잘 모르는. 하지만 남학생이라면 결코 하지 않을 행동을 하는.

교수님.

(나는 교수가 아니라 시간강사란다.)

교수님은 왜 결혼 안 하셨어요?

(안 하는 게 아니라 할 수가 없는 거란다.)

왠지 교수님은 눈이 높으실 것 같아요.

(하고 싶은 얘기가 뭐냐 대체.)

교수님 듣고 있어요?

어?

교수님은 어째 츤데레 스타일이에요. 그런 얘기 많이 들으시죠?

여학생은 은근슬쩍 남자에게 어깨를 부딪쳐 왔다. 남자의 표정을 관찰하는 눈빛에 당당함이 서려 있었다. 여학생은 십

분 전 남자의 머리에서 새치 하나를 뽑아냈고, 이십 분 전쯤에는 손을 가져가 손금을 보았으며, 방금 전에는 몸이 닿을 것을 알면서도 허리를 굽히고 팔을 길게 뻗어 냅킨 통에서 냅킨을 집었다. 남자는 신경 쓰지 않는 척했다. 여학생의 얼굴이 한 뼘 옆으로 다가와 있는 지금도 짐짓 무표정했다. 너는 나를 통해 너를 보고 싶은 거지, 안 그래? 내가 아니라 내 눈에 비친 네 모습에 관심이 있는 거지. 남자는 이런 여자애들의 심리를 잘 알고 있다고 생각한다. 어린애의 변덕스러운 장난에 우쭐할 만큼 어리석지 않은 나이가 되었다고 생각한다.

삼십대 중반까지는 어린 여자와 연애하는 동료들이 꽤 있었다. 연상은 여자로 안 보이고, 직장 번듯한 여자들은 상대를 안 해주고.

어린 여자애는 남들과 다르다는 자부심을 얻고, 가난한 학자는 남들보다 못하다는 열등감을 잊고.

젊은 호기심과 상처받은 학문은 그렇게 만났다. 등가교환의 법칙에 어긋나지 않는 순수한 사랑.

여학생은 네 병째 맥주를 주문했다. 이번에는 그에게 묻지 않았다. 이미 애들에게 밥을 산 터라, 한 병에 만이천 원씩 하는 흑맥주 병을 바라보며 남자는 이번 달의 카드 값과 남아 있는 잔고를 계산해보지 않을 수 없었다. 흑맥주는 내 취향이 아닌 것 같아, 넌지시 말하며 한 병에 사천 원 하는 국산 맥주 두 병을 시켰다. 비싼 술을 사줄 수 있는 젊은 남자애들이 많겠지. 너는, 앞으로 십 년은, 전전긍긍하며 살지 않아도, 괜찮은 상대를 선택할 수 있는 입장에 서 있겠지. 애초에 수입 맥주를 먹지 않았다면 몰랐을 맛의 차이를 느끼며, 남자는 그렇게 생각했는데.

여학생이 갑자기 울기 시작했다. 왜 우냐고 묻기도 전에 말했다.

저 오늘 남친한테 차였어요.

(그렇구나……)

오빠가, 끝까지 이유를 얘기해주지 않아요. 오늘 잘 얘기해보려고 했는데……

(그렇구나……)

교수님.

(나는 교수가 아니라니까……)

남자들은 여자랑 몇 번 자고 나면 흥미가 떨어진다던데 정말 그래요?

(아니 왜 그런 걸 교수한테……)

남자는 짜증이 나기 시작했으나 여학생은 울고 있었다. 오른뺨에 길게 눈물이 흐르고 있었다. 어떻게 하면 좋을까. 조금만 지나면 다 괜찮아진다고 할까. 그건 너무 진부하지 않나. 아니면 등가교환에 대해서 설명해줄까. 세상에 사랑 같은 건 없다고, 모든 건 결핍의 게임일 뿐이라고 말하나. 여학생은 팔을 뻗어 냅킨을 가져가고 있었다. 두세 장씩, 벌써 여러 번 가져가고 있었다. 냅킨은 나무로 짠, 빨대와 스터 등등을 함께 보관하는 길쭉한 캐디 안에 들어 있었다.

남자는 여학생과 냅킨 사이에서, 여학생에게 냅킨을 뽑아 주지도, 여학생을 위로하지도 못한 채 앉아 있었다. 여학생의 몸이 닿지 않게 그때마다 몸을 움직였을 뿐이었다. 여학생은 한참을 더 울었다. 남자가 도저히 안 되겠다고 생각하고 여학 생 쪽으로 의자를 돌렸을 때에는 코를 풀고 있었다. 그리고 언제 울었냐는 듯 말짱한 얼굴이 되더니 남자 쪽으로 몸을 획 틀었다. 그 바람에 두 사람의 무릎이 맞닿았다. 아니, 톱니바 퀴가 물리듯 지그재그로 이가 맞았다. 남자가 엉덩이를 뒤로 조금 빼자 오히려 여학생의 몸이 앞으로 쏠렸다. 여학생은 남 자의 팔을 짚었고, 남자는 여학생의 손을 받친 채 한쪽 팔을 허공에 들고 있었다. 바닥을 비스듬히 가리키는 앞으로 나란 히, 였다. 어색한 자세였다. 여학생이 픽, 웃음을 터뜨리며 그 의 팔을 툭, 쳤다.

여학생은 바에 바로 앉아, 눈물을 닦아낸 다음, 다시 고개 를 돌려 웃으며 말했다.

교수님 여자 친구는, 되게 예쁜 분이었을 것 같아요.

애가 왜 이러지, 하다가 남자는 자신 머릿속의 구멍을 발견 했다. 자신에게 의도의 알리바이가 없다는 사실을 깨달았다. 여학생에게는 잘못이 없었다. 여학생은 오늘 남자 친구랑 헤 어졌고…… 남자의 심리에 대해 심리학 교수에게 묻고 싶었고…… 하지만 남자는 여학생과 단둘이 이곳에 왜 왔는가. 왜 술을 사달라고 할 때 거절하지 않았는가. 이 수업에 문제가 생기면 다른 수업에도…… 하다가 남자는 화살을 여학생에게 돌렸다. 알리바이를 얻기 위해, 십수 년 동안 공부한 정신분석의 기술을 사용해서.

근데 왜 과거형이야?

네?

예쁜 분이었을 것 같다며. 왜 지금은 여자 친구가 없을 것 같냐고.

츤데레처럼, 완만하지만 절제된 말투로.

여학생의 한쪽 눈썹이 순간 물결쳤다. 음악이 선명하게 들렸다. 선명한 침묵이었다.

여학생은 한동안 노래 제목을 떠올리려는 듯한 미간을 하고 있더니 자리에서 일어섰다.

선생님, 저…… 약속이 있던 걸 깜박해서……

스마트폰을 본 것보다, 자리에서 일어선 게 먼저였다.

아, 그래요, 어서 가요.

남자는 끝말을 존댓말로 정리하는 것을 잊지 않았다.

여학생이 사라지고, 남자는 고요해졌지만, 평화를 얻지는 못했다. 내가 너무 심하게 했나, 앙심을 품고 강의평가 점수를 낮게 주면 어쩌지, 아니야, 최상과 최하는 빼고 계산하는 거야, 하다가…… 그래도 수강생이 열 명 남짓한 수업에서는 한 명만 애매한 점수를 줘도, 하다가……

남자는 자신 머릿속에 있는 진짜 구멍을 발견했다.

여학생은 마지막에만 '선생님'이라는 호칭을 썼던 것이다. '교수님'이 아닌 '선생님'. 요즘 애들은 잘 안 쓰는 말. 무의식이 아니면 갑자기 나올 수 없는 말.

어쩌다 이렇게까지 된 것일까.

어쩌다 이런 인간이 된 것일까…… 생각하다가…… 아이엠에프가 터졌고…… 들어간 대기업이 공중 분해되었고…… 잘렸고, 하필 부모님은 아이엠에프 직전에 전 재산을 투자해 건물을 올렸고…… 부도가 났고…… 그게 오른뺨의 시작이었는데…… 임용이 시작되자 교수는 이른바 '원서비'라는 걸 요구했고, 그게 안 되자 급속히 냉담해졌는데…… 그게 왼뺨이었고, 왼뺨 뒤에는 다시 오른뺨이…… 오른뺨 뒤에는 다시 왼뺨이…… 하다가 남자는.

여기 카스, 아니 기네스 두 병만 더 주세요.

* * *

씨발놈이…… 교수를 뭘로 알고, 개같은 새끼가……

국회의원인지 뭔지 하여간 높은 사람을 만나고 왔다는 교수는, 술을 한잔 마시고, 문득 욕을 하고, 인지심리학의 위대함에 대해 설명하다가 다시 술을 한잔 마시고, 문득 욕하기를 반복하고 있었다. 하늘 같은 교수님은 왜, 하필 나 같은 석사 나부랭이에게 전화했을까, 나부랭이는 또 어쩌자고 불려 나와 앞에 앉아 있을까 생각하다가, 혹은 생각하지 않으려고 애쓰다가 나는, 오래전 헤어진 여자 친구에 대해서 생각했다. 혹은 생각하지 않으려고 애썼다.

단호하게 거절했어야 했는데.

나는 그런 곳에 가지 않는다고. 군대에서 딱 한 번 끌려갔지만 되지 않았다고. 그 무렵 읽은 심리학 논문을 근거로 들어 말할 수도 있었을 텐데. 열 명 중 두세 명의 남자가 돈이 오가는 순간 불능이 되어버린다는. 어쩌면 교수님도 알고 있을 통계를 들먹거릴 수도 있었을 텐데.

하지만 지방 학회에 갔을 때 사우나에 같이 가지 않았다는, 어떤 선배가 돌린 소주잔을 거부했다는, 선배들과 여친과의 성생활 얘기를 공유하지 않았다는, 갖가지 이유로 사이코 판정을 받은 나는 그만 이제 선배들과 잘 지내고 싶었다. 무난하게 학위를 따고, 연구소에 들어가고, 기회가 되면 교수도 되고 싶었다. 그래서 높은 분을 만나고 왔다는 교수님을 만났지. 술을 한잔 마신 다음 욕을 했다가, 인지심리학의 위대성에 대해서 설명했다가, 술을 한잔 더 먹고는 다시 부탁하는 교수님을. 오늘만 가자고, 같이 좀 가주면 안 되겠냐고.

추운 날이었는데 몹시, 무슨 기합이라도 서는 것처럼.

골목은 넓지도 좁지도 않아서 낮은 목소리로 호객을 하기에도, 지나가는 사람인 양 호객을 피해 가기에도 적당했다. 교수는 골목의 끝자락까지 걸어갔다가 돌아오며 골목의 중간쯤에 있던 남자와 흥정을 했다. 결코 짧지 않은 설명을 듣고 남자가 우리를 데려간 곳은 커다란 유리가 달려 있는 마루에 여자들이 번호표를 달고 앉아 있는 곳이었다. 교수는 매우 풍만한 여성을 가리켰고, 나는 제일 우울해 보이는 여자의 번호를 불렀다. 잠시 후 우리는 그네들과 연애라는 것을 하기 위해 이층으로 올라갔는데, 연애가 뭔가 했더니 맥주 다섯 병을 마시고 노래 한 곡씩을 부르는 일이라고 했다. 나는 오른뺨을 내놓았다고 왼뺨까지 허용할 수는 없다는 심정으로 한 곡 뽑으라는 교수의 명을 재차 거절했고, 그래 그럼 남은 술이나 마시자 할 줄 알았던 교수는 무슨 남은 사은품 챙기듯 시간이 넘었다는데도 노래 두 곡을 채워 불렀다. 첫 곡은 제목도 기억나지 않는, "억울하면 출세하라"는 가사가 있는 곡이었고, 다음은 「아빠의 청춘」이었던가 「낭만에 대하여」였던가.

노래가 끝나고 난 후 우리는 다시 일층을 거쳐 지하층으로 내려갔다. 지하층에는 방이 많았다. 창이 없는, 창이 없으니 햇빛도 들어오지 않는, 여자들이 그곳에서 살고 있음이 분명해 보이는 방들이었다. 여자는 물수건을 들고 나에게 벗으라고 했는데, 내가 그냥 얘기나 하자고 하자 피식 웃으며 그래 놓고 안 하는 남자 한 명도 없더라 했는데, 그렇게 말하는 그녀는 처음으로 앳돼 보였다. 어리기는 나도 마찬가지였지. 뭐라고 대답해야 할지 망설이기만 했으니까. 어리기는 했지만, 아니 어렸으니까, 나는 그런 남자 아니야, 라고 했다가는 어쩐지 여자가 상처받을 것 같아서, 술을 너무 많이 마셨어요, 그냥 잠시 쉬었다 가고 싶어요, 라고 대답했다. 여자는 내 옆에 모로 눕더니, 머리를 받치고 나를 물끄러미 바라보았는데, 갑자기 내 눈이 맑다고 했던가 어쨌던가. 겸연쩍어진 나는 그녀의 시선을 피해 천장으로 눈을 돌렸던가 어쨌던가.

　　오빠는 무슨 일 해? 몇시부터 마셨어? 따위의 시시껄렁한 질문이나 주워섬기다가.

　　잠시 화장실에 다녀오겠다고 나간 그녀는 꽤 오래 돌아오지 않았다.

　　나는 지긋지긋한 회식 자리 같은 데서 놓여난 기분이었다가, 혼자 여기서 뭘 하지 잠깐 잠이나 자야겠다 생각했다가, 모로 눕자마자 머리에서 바닥으로 생각이 와르르 쏟아지는 것 같아서 벌떡 일어나 앉았다가, 그제야 어둠에 적응한 눈으로 보았다. 비닐 옷장 하나와, 이부자리 두 개와, 옷걸이 하나와, 휴지통 하나와, 플라스틱으로 만든 서랍장 하나와, 모서리가 다 떨어져 나간 앉은뱅이 화장대 하나밖에 없는 그녀의 방을. 앉은뱅이 화장대 위에 놓인, 누가 봐도 예쁘다고 말했을, 레이스 달린 하얀 천에 수가 놓인, 새하얀데도 전혀 때 묻지 않은 티슈 케이스를, 보았다. 그 티슈 케이스가 너무 예뻐서, 저런 티슈 케이스 속에 들어 있는 티슈는 황송해서 어쩔 줄 모르겠네, 생각하다가, 혹은 생각하지 않으려고 애쓰다가, 몇 년 전 헤어진 여자 친구를 생각했다. 헤어지고 나서 한 번도 그런 일 없었는데. 왜 몇 년이 지나고 나서 자꾸만 떠올랐던 것일까.

차라리 나를 욕했어야지, 넌 개새끼라고. 너처럼 쓰레기 같은 자식은 처음 보았다고. 내가 헤어지자고 했을 때, 네가 나 없이는 안 된다고 그냥 곁에 있게만 해주면 안 되냐고 했을 때, 술잔을 앞에 두고 띄엄띄엄 실랑이하다가 내가 마침내, 앞으로는 네가 잘못하지 않은 것엔 잘못했다고 말하지 마, 라고 말했을 때, 그녀는 그런 표정으로 나를 쳐다보지 말았어야 했다. 술을 한잔 마시고 아무렇지도 않은 듯한 표정을 짓고 있다가, 뺨으로 한줄기 눈물이 흐르는 바람에 더 이상 숨길 수 없게 되자 마침내 복받쳐 울어버리는 일은 하지 말았어야 했다. 그랬다면, 네가 우는 대신 나를 욕했다면, 뺨이라도 한 대 갈겼다면, 생각하다가.

나는 여자의 방에서 급히 나와버렸다. 나 자신을 이해할 수 없어서, 이해할 수 없는 만큼 강력한 충동이 솟아올라와 더는 여자의 방에 머물러 있을 수 없었다. 아무에게도 들키지 않고, 당장 해버리지 않으면 안 되는 일. 들켜도 그만이지만, 들켜버리면, 무엇을 해소하기는커녕 더 이상 해소할 방법도 없어지고 말, 그런 일. 나는 그토록 하찮고도 긴급한 충동에 맞닥뜨려 있었다. 십수 년 전의 가정부 아줌마에게 뺨을 때려도 되겠냐고 물었을 때처럼. 위악적인 짓인 줄 알면서도, 그래봤자 슬픔만 남을 것을 알면서도, 나는 도무지 참을 수 없는 장난기에 사로잡혀 있었다.

가슴이 두근거리고 있었다. 팔뚝에 지나가는 혈관의 감각이 짜릿짜릿했다.

주위를 두리번거리며, 빠르고도 조용한 걸음걸이로, 용케 구석에 있는 뒷문을 찾아내어, 나는 아무의 눈에도 띄지 않고 그곳을 빠져나오는 데 성공했다. 얼마 뒤 앞문으로 나온 교수는, 코트 속에 품고 있는 게 뭐냐고 물었던가 묻지 않았던가. 화장실에서 돌아온 여자는 티슈 케이스가 알맹이 없이 잘 개켜져 있는 것을 보고 웃었을까 짜증을 냈을까.

몹시 추운 날이었는데, 무슨 벌이라도 받는 것처럼. 나는 목도리 속에 고개를 깊이 파묻고 골목길을 걷고 있었다. 교수가 내 쪽으로 고개를 갸웃갸웃하며, 어디 가서 한잔 더 마실까? 하고 물었다. 나는 좋지요, 라고 짧게 말하려다 너무 성의 없다고 여길까 봐, 그럼요, 한잔 더 마셔야지요, 하고 대답했다. 그렇게 대답하며 생각해보니 여자의 얼굴이 생각나지 않았다. 그런데 내 가슴에서는 왜 멀어지는 골목의 불빛이 꺼지지 않던 것일까. 저만치 앞, 백화점이 서 있는 거리의 불빛들보다 밝게, 더 밝게 빛나고 있는 것이었을까.

　작은 불빛이 점차 밝아져, 마침내 온 세상을 하얗게 지워버리는 꿈을 꾸기 시작한 게, 그때부터였다. 그때부터였던 것 같았다.

뒤로뛰기 훈련

아마도 그것은 위기에 몰린 입시학원장의 책상 위에서 탄생하지 않았을까. 단기간에 자신의 노하우를 학생들에게 모두 전수하는 건 미친 짓이었지만 일단은 빚부터 갚고 보자는 심산이었겠지. 그런데 예상 밖의 빅히트를 친 거다. 사실 효과를 본 건 극소수였으나, 너도나도 그 몇 명이 될 수 있다는 희망을 품고 몰려들었을 거야.

　민들레 씨처럼, 아니면 민들레 씨인 척하는 버들개지 솜꽃가루처럼, 녀석은 치맛바람을 타고 엄마들의 '나와바리' 곳곳에 씨를 퍼뜨렸으리라. 뿐이랴. 바깥양반들의 밤 문화를 휩쓸고, 아이들의 일상으로 되돌아와 온갖 형태의 변종으로 번성하는,

때는 바야흐로 **속성(速成)의 전성시대**였다.

속성 파마, 속성 다이어트, 속성 게임 아이템, 드라마 속성 폐인 되기 등등. 어디에 가나 '속성'이라는 단어가 붙은 간판은 쉽게 눈에 뜨였다. 학교에서 집으로 돌아오는 상가의 낡은 건물에, '속성 요리학원'과 '속성 연애학원', '속성 국제결혼 상담소'가 나란히 붙어 있는 꼴을 본 적도 있었다. 하지만 기진이와 내가 십여 년째 정체 중인 시장 골목의 귀퉁이에서,

속성 도장 고수

라는 간판을 보았을 때, 우리는 한번쯤 미심쩍게 생각해봤어야 했다. 어째서 유행을 좇고 있는 간판이 낡아 있을까? 주인이 고수라서 일찍이 선견지명을 갖고 있었을까? 반투명 아크릴판에 글자를 테이핑한 간판은, 활자 가장자리가 조금씩 떨어져 말려 있는 모습이었다. 세 글자 중 '속성'이 가장 닳고 바래 있었다. 언뜻 '도장 고수'만 읽고서 도장(圖章)을 끝내 주게 파주는 집이라는 줄 알았다. 매주 각 분야의 달인들을 소개하는 공중파 프로그램도 떠올렸던 것 같다. 그다지 끈질긴 성격이 아니었으므로 나는 그곳을 그냥 지나칠 팔자였다. 간판을 똑바로 가리켜 내 관성의 나침반을 슬쩍 돌려놓은 건 기진이였다.

나랑 같이 저기 안 다닐래?

하필 그 찰나에 수천 킬로미터를 날아왔을 중국산 황사가 작은 회오리로 불어닥쳤고, 그래봤자 고작 잎사귀 몇 개 떨어뜨리고 말 양의 바람에도 우리는 속절없이 흔들렸다. 혀끝에서 문득 잘게 부서지는 씁쓸하고 텁텁한 흙 맛을 본 탓이었다. 그 미세한 흙 알갱이들은 언제 입속에 들어온 것이었을까. 맞는다는 건 윗니와 아랫니의 맞물림을 끈질기게 방해하는 모래알 같았다. 밥알 속의 돌멩이처럼 이젠 괜찮겠지, 방심하는 순간 씹게 마련이었다. 생선 살을 씹을 때마다 목구멍에 꽂혔던 가시의 통증이 되살아나듯 쉽게 잊히지도 않았다.

사실 놈들에게 제대로 맞은 것은 한 번뿐이었다. 그 뒤로는 내내 맞지 않느라고 힘들었다. 우리를 괴롭히는 애들은 A동에 살았다. A동은 C동보다 세 배쯤 넓었다. 절반 남짓쯤 되는 B동이라면 모를까, C동 아이는 A동 아이의 친구가 될 수 없었다. B동이라고 해서 모두 받아들여지는 것도 아니었다. 기진이처럼 나 같은 애와 어울리면 똑같은 취급을 받았다. 우리는 평등했으나 떡볶이나 만두가 하나 남았을 때는 언제나 내가 양보했다. 반대로 도장처럼 무언가를 선택하는 일은 항상 기진이의 몫이었다. 어떻게 생각하면 B동 아이들이 제일 불쌍했다. 용 꼬리가 될 것인가, 뱀 머리가 될 것인가, 시시각각 고민해야 했으니까. 어디 무리에 붙건 제일 힘든 것도 B동 아이들이었다. 용은 꼬리를 흔들어서 날고, 뱀은 머리를 흔들어서 전진하게 마련이었으니까.

그러고 보니,

B동 아이 중에는 머리로 싸움짱이 된 놈도 있었다. 녀석에게는 완벽한 자세가 있었다. 허리를 깊게 꺾고 턱을 가슴에 밀착시킨 후, 양팔 가드로 안면을 빈틈없이 숨겼다. 녀석은 오로지 맞기만 했지만 한 번도 지지 않았다. 주먹의 통증을 호소하며 먼저 물러난 건 예외 없이 도전자였다. 그 상황은 모두를 웃게 만들어서 싸움은 매번 게임이나 놀이처럼 흐지부지 끝나버리곤 했다. 녀석은 이름까지 '철모'였다.

A동 싸움짱인 재헌은 통 유머 감각이 없었다. 십여 분을 쉬지 않고 몰아붙였다. 철모는 머리가 아니라 허리와 목이 아파 잠깐 고개를 들었다가 눈을 정통으로 얻어맞았다. 연이은 스트레이트로 코피가 터진 채 기절했고 그것으로 철모의 신화는 무너진 듯싶었다. 하지만 다음 날 학교에 나오지 않은 것은 재헌이었다. 다다음 날이 되어서야 두 팔 깁스로 나타나 해맑게 밥을 먹고 있던 철모의 식판을 발로 차 엎었다. 철모는 몇 번씩 사과하고 바닥에 흩어진 음식까지 치웠다. 그렇게까지 했는데도 철모는 정학을 먹었다. 교무실을 습격한 재헌

엄마가 담임과의 담판에서 승리했기 때문이었다. 아빠는 교장의 고등학교 후배인데다 잘나가는 변호사라고 했다. 당시 교무실에 있었던 부반장에 의하면, 싸움짱 엄마의 전투력은 변호사 할아버지였다.

"제 아들이 폭력을 행사했다고 하나 상대 아이 상태를 보아 전혀 증거가 없고요, 상대 아이가 반격하지 않았다는 아이들 주장도 같은 반임을 고려할 때 신빙성이 떨어지고요, 원래 교통사고가 나도 동승자는 증언 효과가 없는 거라고요. 재헌이가 전치 십이 주의 부상을 입었는데, 육 주 이상이면 구속인 거 아시죠? 두 팔이 다 부러져서 공부에 막대한 지장을 초래했다는 점까지 감안하면 폭행죄는 아니어도 상해죄의 적용을 피하기는 어렵겠네요. 어쩔까요? 제가 아예 학교까지 고발을 할까요, 아니면 선생님께서 적절한 조치를 취해주시겠어요?"

아이들은 그런 궤변이 먹혔다는 사실보다, 그렇게 긴 내용을 빠짐없이 전달한 부반장의 암기력에 더 놀라워하면서 자리로 돌아갔다. 침통한 표정으로 교실에 들어온 담임은, 아무리 단단한 머리라도 맞기만 해서 팔을 두 개나 부러뜨렸다는 것은 상식적으로 믿을 수 없다, 는 말로 민심을 수습해보려 했지만 사실 그럴 필요조차 없었다. 애들은 이해했다. 자위를 안 해도 사정을 할 수 있는 나이였다. 먹지 않아도 비만죄는 성립하며, 머리가 큰 것만으로도 폭력일 수 있다는 것쯤다 알았다. 아무도 분노하거나 심각하게 생각하지 않았다. 한

바탕 웃을 수 있게 해준 재헌과 철모에게 감사하고 있을 따름
이었다.

내가 그리지 않았어도, 상은 받을 수 있는 거잖아?

재헌이 그렇게 말하기 전까지는 기진과 나도 관심 두지 않
았다. 설마 그 사건까지 우리에게 영향을 미치리라고는 상상
하지 않았다. 점심시간이었고, 우리는 학교 안의 외진 숲속에
서 나무의 일종으로 서식 중이었다. 재헌 일당은 종종 우리를
불러다놓고 지들끼리 수다를 떨었다. 처음에는 납득이 가지
않았다. 삥 뜯을 것도 아니고, 심부름도 안 시키고, 때리지도
않으면서 왜 자꾸 불러? 시답잖은 대화에 중이염이 걸릴 때
쯤에야 이해했다. 일종의 프리스타일 랩 배틀이랄까, 놈들은
우리를 관객으로 놓고 누가 더 잘났나 키재기하는 거였다. 반
응을 안 보여도 맞았고, 반응을 잘못 보여도 맞았다. 바람직
하지 않은 타이밍에 표정 관리를 놓쳤다가는 곧장 암묵적인
패자의 화풀이 대상이 되었다. 웃어? 재밌냐? 씨발, 뭐가 재
밌는데?

그날은 정말로 재밌지 않았다. 한 달에 수백만 원씩 과외비
를 쓰는 하위권 재헌이가 뜬금없이 미대에 가겠다고 선언한
날이었다.

"미친 새끼, 네가 무슨 미대를 가?"

"무슨 미대긴 서울대 미대지."

"서울대가 장난이냐?"

"이왕이면 꿈은 높게 잡아야지, 안 그래?"

재헌이 징그럽게 윙크를 하며 말했다.

"피카소 해라, 씨발."

"피카소는 지랄, 요즘엔 예고 애들도 상 같은 거 없음 못 간다는데."

친구들이 비아냥거리자마자 재헌은 기진이를 쏘아보았다.

"내 말이. 꼭 내가 그리지 않아도, 상만 받으면 되는 거 아냐. 안 그래?"

기진이는 당황한 나머지 재헌이 제일 싫어하는 삼단논법을 구사하고 말았다.

아, 아닐걸? 아, 아닌가? 아, 아닐 건데……

희한하게도 기진은 '속성 고수 도장'의 사범 앞에서는 더듬지 않았다. 우리는 반백 중노인이 건넨 흠집투성이 코팅지를 들여다보고 있었다. 빼곡히 줄지어 선 단어 목록이 비뚤배뚤했다. 하단의 "속성 훈련 시 30% 인상"이라는 조건이 무색하게, 종이의 앞뒤 어디에도 원래 금액이 명시돼 있지 않았다. 좁아터진 입구에 어울리지 않게 넓은 곳이었다. 눈에 걸리는 것이라곤 마룻바닥 나무와 나무 사이의 미세하게 어긋난 짝뿐이었다. 그 흔한 대련 사진이나 상장 액자 하나 없는 벽에는 습기와 곰팡이의 합작으로 그려진 거대한 추상화뿐이었다. 기진은 그곳이 프렌치 레스토랑이라도 된다는 듯 굴었다. 메뉴판 내용을 잘 아는 사람의 낯빛을 하고, 중간중간 고개를 끄덕여 주방장의 센스를 존중한다는 입장을 표했다. 그러다가 멋들어진 쇄심지법(碎心指法)으로 가리킨 메뉴가 '장풍'이었다. 무진장 젠체하다가 안심스테이크를 고른 꼴이었다. 철사장(鐵砂掌)이나 금강불괴(金鋼佛塊)라면 또 몰라, 장풍?

이거네요. 이거예요. 이걸로 할래요.

기진은 그를 향해 외치듯 말하고 나서 물었다.
"그런데…… 이것도 속성으로 되는 거죠?"
"물론이지. 근데 좀 비쌀 건데?"
참으로 고수답게 그의 목소리는 미성이었다. 이 영감이 거세정진(去勢精進)을 하셨나.
"얼마나 비싼데요?"
내가 물었다.
"사람마다 다르지. 내공이 높으면 많이 내야 되고."
"낮을수록 많이 내는 게 아니고요?"
헐헐헐, 그의 목에서 바람이 샜다. 그는 세모꼴이 된 눈으로 나를 보더니 물었다.

"너는 초등학교가 비쌀 것 같냐, 대학교가 비쌀 것 같냐?"

"아하!"

감탄은 기진이가 했다. 선사의 한마디에 대오각성(大悟覺
醒)을 얻은 동자승의 표정이었다. 고승은 특별 디스카운트라
며 입시종합반의 절반 가격을 요구했다. 비싼 건지 싼 건지
종잡을 수가 없어서 나는 기진에게 물었다.

"너 진짜로 장풍을 배울 거야? 말이 된다고 생각해?"

기진은 찡긋, 윙크를 하더니 목소리를 변조해서 말했다. 재
헌을 흉내 낸 것이었다. 누구 대사인지 눈치채기도 전에 기분
이 나빴다. 기억을 지우는 무공이라도 있다면 당장 배우고 싶
은 심정이었다.

이왕이면 꿈은 높게 잡아야지, 안 그래?

"더 쭉쭉 뻗어 이놈들아. 더 낮게 뛰란 말이야."

사범이 이미 땅바닥에 널브러진 우리를 향해 외쳤다. 예상
밖의 폭발적인 성량이었다. 소프라노 사자후(獅子吼)에 뇌가
분해될 지경이었다. 구라 공력은 목소리 저리 가라였다. 숫제
사범이 아니라 사이비 교주였다.

"노래를 잘 부르려면 뭣부터 해야 할까?"

"글쎄요…… 소리 지르기?"

"에라 이 녀석아. 노래를 많이 들어야지."

"그래요, 그렇군요……"

"글을 잘 쓰려면?"

"책을 많이 읽어야죠."

"그렇지. 그러니까 장풍을 잘 쏘려면?"

"장풍을 많이 맞아봅니다."

"이런 미친놈아. 그랬다간 죽지."

"그, 그럼, 어쩌죠?"

"어쩌긴 뭘 어째. 장풍을 피하는 법부터 배워야지."

아하! 하는 감탄사는 이번에도 기진의 몫이었다. 덕분에 우리는 준비운동도 없이 역비행 품새라는 것을 배웠다. 위도 아니고, 앞도 아닌, 뒤로 멀리뛰기를 하라는 것이었다. 돌고래가 배영을 하듯 자세가 낮아야 한다고 했다. 수영은커녕 걸을 때도 몸치인 나는 채 몇 번 뛰기도 전에 다리에 쥐가 나 데굴거렸다.

"잽싸게 돌아 뛰면 안 될까요?"

"무술인은 결코 상대에게 등을 보이지 않는 법이다."

"어째서요?"

"어째서라니. 그랬다간 죽지!"

과연 그전에 죽지 않을 수 있을까? 장풍을 피하려면 우선 까치발로 서야 했다. 다음에는 앞으로 뛰는 척 뒤로 젖히며,

위로 솟구치는 척 떨어진다. 발밑이 바닥에 닿지 않게 발가락 힘을 곧장 발뒤꿈치에 전달하는 게 관건이다. 뒤로 재주넘기 기술을 발바닥에 집약시킨 것이라 했다. 발가락에 발 전체의 기를 모을 수 있으면, 그 순간 발뒤꿈치가 손처럼 자유로워진다나 뭐라나.

"그럼 뒤로 재주넘기부터 배웠어야죠."

"이놈아, 이건 속성반이잖아."

하루에 팔십팔 번을 채워야 했다. 일주일 만에 발가락 마디마디 관절염에, 뒤꿈치는 한 발 한 발 골절이 의심되었고, 조인트 주변의 근육에는 무수히 사금파리가 박힌 것 같았다. 허벅지는 이식된 남의 것이었고, 허리는 디스크 수술 직전이었으며, 푹신한 매트리스에 부딪힌 건데도 뒤통수는 이미 뇌사 상태였다. 이게 다 자연의 섭리를 거스르고 있는 탓이었다. 대관절 하늘 아래 어떤 생물이 뒤로 뛴단 말인가.

언젠가 그 장면을 꼭 봐야 하는데.

"무슨 장면?"

우리는 B동과 C동 사이의 놀이터 벤치에서 어둠의 일부로 존재하는 중이었다. 텅 빈 놀이터에는 평행봉 위에서 놀고 있는 아마도 중학생 아이 한 명과 우리뿐이었다. 기진은 그 아이 쪽을 힐끗거리며 목소리를 낮추어 말했다.

"내가 어릴 때, 사범님이 장풍을 쏘면 이만한 덩치들이 휙휙 날아갔대. 유도 검도 태권도 할 것 없이."

나는 아이가 연속 이 회전을 반복해서 시도하는 것을 안쓰럽게 지켜보고 있었다. 왜 저런 쓸데없는 짓을 할까?

"사람들은 사범님을 미쳤다고 했지만, 찾아온 사람들은 모두 사범님의 제자가 됐다더군. 지금은 모두 각 분야의 최고가 됐대. 제자 되는 조건이 비밀을 지키는 거라서 아무도 사범님과 장풍에 대해 말하지 않지만 말이야. 너도 꼭 비밀로 해야 돼."

"넌 그 얘기를 누구한테 들었어?"

"아빠한테."

"아빠가 사범님 제자였어?"

"응."

"그럼 아빠도 장풍 쏴?"

"아니. 태권도 사범이야. 몰랐구나?"

미술 천재 아들에 유단자 아빠라니. 왜 아빠한테 싸움을 배우지 않았는데? 라고 묻지는 않았다. 마침 평행봉을 놓친 아이가 연속 이 회전을 넘어 반 바퀴를 더 돈 다음 지구라는 행성과 충돌했기 때문이었다. 땅이 잠시 기우뚱했고, 아이가 엎어지다 못해 파묻힌 곳에서 모래 구름이 피어올랐다. 어찌나 느리게 우리 쪽으로 날아왔던지, 가로등 불빛에 뿌옇게 드러난 그것은 흙먼지라기보다는, 태양계를 향해 접근 중인 엄청난 규모의 운석 떼를 먼 우주에서 포착한 모습 같았다. 죽은 줄 알았던 아이가 옷을 툭툭 털고 가버리고 나서도 우리는 한동안 우주에 남아 있었다. 가로등이 꺼지고, 침묵조차 어둠 속으로 사라지자,

죽을 것처럼 한기가 몰려왔다.

그런 봄을 겪은 게 처음이었다. 한시도 가만히 있는 것들이 없었다. 잠시만 눈을 돌려도 방금 전에 보았던 세상은 사라지고 없었다. 햇살이 눈부시다고 생각하자마자 비가 왔고, 편의점에서 산 우산을 펴보기도 전에 하늘이 개었다. 일기예보는 매번 틀렸다. 기상청 체육대회 날 폭우가 쏟아졌다는 소문이 돌았다. 예고 없는 비바람에 채 피지도 못한 꽃들이 무수히 스러졌다. 선선한 가을날 등교하여, 언제나 여름인 학교를 거쳐 도장까지 나오고 나면, 명백한 겨울을 느낄 수 있었다. 분명 봄인데 봄만 없었다. 분명 봄이 아닌데 봄이라고 했다. 계절은 사라지고 날씨만 남은 날들이었다. 여름은 땅! 하는 총소리와 함께 출발하는 육상선수처럼 왔다. 어느 날 잠에서 깨어보니 매미들이 지구를 지배하고 있었다. 사생대회, 아니,

사생결단의 날이 다가오고 있었다.

백일장도 함께 열리는 큰 대회였다. 문교부장관상이 걸려

있어 대입 특전이 주어졌다. 학교에서는 한 학기에 한 번 이상 대회 참여를 허용하지 않았으므로 꼭 이번에 상을 타야 했다. 어디까지나 기진이의 경우였다. 기진의 그림은 천재적이었지만 내 시는 그저 그랬다. 특기생으로 대학에 갈 실력도 아니었거니와 시인의 꿈 따위는 더군다나 없었다. 나는 단지 단어들을 갖고 노는 게 재미있어서 썼다. 이를테면 시는 나에게 짝짓기 게임이었다. 잘 맞는 짝들을 찾으면 가슴속의 무언가가 아무는 기분이었다. 비슷한 단어라고 잘 붙는 게 아니었다. 멀수록 가깝고, 다를수록 끌리는 게 단어였다. 치마 입은 여자보다는 가슴 달린 남자가, 땅을 밟는다, 보다는 하늘을 걷는다, 가 그럴듯했다. 왜 하늘색은 차가워야 하고 붉은색은 뜨거워야 하는가. 따뜻한 하늘이라고, 냉혹한 불길이라고 쓰고 싶었다. 하늘과 땅, 물과 불처럼 지루하게 말고, 산불 같은 노을이라고, 파도처럼 물결치는 땅이라고 쓰고 싶었다.

기진의 그림에는 산불처럼 번지는 노을과, 파도같이 물결치는 땅과, 위로하며 안아주는 나무들과, 따뜻하게 웅크리고 있는 물빛이 다 있었다. 기진이는 단 한 번도 흔한 색깔을 쓰는 법이 없었다. 전혀 어울리지 않는 색들을 겹쳐가며 그렸는데 물에다가 붉은색, 나무 기둥에다 파란색 터치를 하는 건 기본이었다. 하지만 멀리 떨어져서 보면 파란색보다 더 파란 호수가, 갈색보다 더 견고해 보이는 나무밑동이 돋을새김으로 화면 위에 떠올라왔다. 그런데 아무도 흉내 낼 수 없는 그

그림을,

재헌 따위가 빼앗겠다고 나선 거였다.

담임을 어떻게 구워삶았는지 몰라도, 재헌도 사생대회 대
상자가 되었다. 재헌의 요구는 알아듣기 쉬웠다. 자신의 그림
과 바꾸고 싶지 않으면 두 장을 그리라는 얘기였다.

"네가 봐서, 더 잘 그린 걸 주면 돼."

재헌은 담배에 불을 붙이며 말했다. 첫번째 모금은 기진의
얼굴에 뿌려졌다.

"그래. 알았어."

"내 취향은 신경 쓰지 마. 난 상만 받으면 되니까."

"그래. 그렇겠지."

두번째 모금은 웃음과 함께 몽실몽실.

"그렇겠지?"

"아, 아니, 그런 뜻은 아니고."

"이 새끼 좀 보게. 그런 뜻이 뭔데?"

세번째 모금은 하늘로 뿜어지고,

"나쁜 뜻이 아니라고."

"네가 미술을 뭘 아냐 이거지?"

네번째 모금은 풍차를 돌고,

"그게 아니라……"

"아니긴 뭐가 아냐, 씨발놈아 맞는 말이구만. 네가 잘 봤어. 나 그림 잘 몰라."

마침내 담배를 잡은 손이 기진의 귀를 바짝 잡아당겼다.

"그러니까 입상 가작 이런 거 말고 반드시 수상권에 들어야해. 알겠어?"

귀부터 시작된 분홍빛이 왼쪽 뺨으로 번질 때쯤에야 기진은 재헌의 손아귀에서 벗어났다. 마지막 한 모금을 깊이 빨고 담배를 탁탁 털며 재헌은 기진의 마지막 기대마저 꺼버렸다.

"나보다 좋은 상 받음 벌 받는다."

나는 멀쩡하게 서 있다 혜택 아닌 혜택을 받았다.

"어이, 시인."

"으응."

"넌 그냥 네 거나 열심히 써라."

지랄맞은 변덕일 뿐, 놈이 정말 미술을 할 리 없었다. 그 사실이 부당한 도둑질보다 더 부당하게 여겨졌다.

뭐가 좋아서 그렇게 히죽거리니.

성불을 했는지, 너무 상심해 실성하고 말았는지, 기진이는 훈련에만 열중했다. 얼굴에 송골송골 땀이 맺힐 즈음이면 내일모레 첫 데이트하는 놈처럼 실실거렸다. 이거 봐, 지금 기상천외한 점프나 배우고 있을 때가 아니야. 당장 일주일 후면

상을 빼앗기건 죽도록 맞건 둘 중 하나라고. 꿈을 높게 잡은들 무슨 소용인가. 상대는 팔이 부러지는 것도 모르고 주먹을 휘두를 정도로 단순무식한 양아치다. 한 방이면 모르되, 규칙도 시간 차도 없이 날아오는 풀스윙을 백 점프로 어떻게 피한단 말인가.

나는 괜히 심술이 나서 사범한테 시비를 걸었다.

"사범님은 어째 시범을 안 보이신대요?"

"나는 장풍을 장풍으로 막을 수 있다."

"에헤, 뛸 줄 모르시는 거 아니고요?"

사범은 인자하게 한번 웃어주시더니 또 그놈의 선문답을 시작했다.

"올챙이가 뭘로 헤엄치지?"

내가 고개를 외로 꼬자 기진이 대신 대답했다.

"꼬리요."

사범은 그렇지! 하는 눈빛을 보이더니 두 눈을 지그시 감고 말했다. 역시 구라의 고수답게, 내 평생 다시 들을 성싶지 않은 명언이었다.

"개구리는 물갈퀴로 헤엄친다."

나는 식도를 역류하는 말들을 삼키느라 숨이 막힐 지경이었다.

장풍이 있어야 장풍을 피하지

그렇지 않은가? 꼬리건 물갈퀴건 물을 만나야 쓸모가 있고, 제아무리 예수라도 바다가 있어야 물을 가를 게 아닌가. 고수의 장풍은 피할 수 있어도, 고딩의 주먹은 못 피하는 게 역비행 품새였다. 더구나 이 세상에 고수가 어디 있나. 그런 따위 없다는 것쯤 십팔 세가 모르면 나이 헛먹은 거였다. 온 세상이 사파였다. 흡성대법(吸星大法)이나 익혀서 남의 무공이나 훔치는 것들. 재헌이가 하는 짓이 사파의 채기법(採氣法)이 아니고 무엇이랴. 진정한 무도라면 육체뿐 아니라 정신의 오랜 수련을 강조해야 한다. 하물며 정파 무도에 어찌 "속성"이라는 단어가 끼어든단 말인가.

하지만 말이 속성이지, 우리는 한 달도 넘게 역비행만 배우고 있었다. 매일같이 뒤로 뛰는 것만 하고 있는데도 내 실력은 조금도 늘지 않았다. 기진도 자세는 꽤 그럴듯했지만 스피드와 거리에서 장풍을 피하기에는 역부족이었다. 아무래도 간판이 사기 같다는 의심을 품을 만했다.

ㅗ의 돌출 부위가 짧았다. 누군가의 장난으로 잘려나간 것처럼도 보였다. 테이핑 모서리가 말리면서 ㅗ처럼 읽혔을 뿐이었다. ― 모음 위에 수직으로 덧붙인 작대기는 밑으로도 조금 나가서, "숙성"으로 읽지 말란 법도 없었다. 평균치로 말하자면 이것도 저것도 아닌 '슥성'이었다. 종잡을 수 없기는

간판이나 사범이나 똑 닮아 있었다. 어느 날 기진이 완벽한 자세를 선보이자 사범은 우리 주위를 빙빙 돌면서 말했다.

"이 시점에서 기진 군에게 질문을 해야겠다."

"네, 사범님."

"기진 군은 어느 정도 자세를 익혔으니 결정을 해야 한다. 장풍을 더 배워 무림에 발을 들일 것인지, 아니면 이쯤에서 그만두고 평범하게 살아갈 것인지."

"그 두 가지가 어떤 차인데요?"

"진정한 고수는 고수만 상대하는 법. 하지만 사파는 조금이라도 무공이 있는 사람을 발견하면 제거하려고 들지. 만에 하나 네가 장풍 무공을 익힌 자와 맞닥뜨리기라도 하는 날이면……"

사범은 손날을 세워 목 긋는 제스처를 했다. 참으로 노인다운 행동이었다.

"그럼 어쩌죠?"

"어쩌긴. 사파를 알아보는 법부터 배워야지."

사범은 마치 내 마음을 읽기라도 한 듯 말을 이어나갔다. 정파는 오랜 수련을 통해 무도를 연마하므로 내공이 높아질수록 겸손해지고 자연스러워지는데 이를 반박귀진(返撲歸眞)이라 한다. 하지만 사파는 단시간 내에 편법으로 무공을 얻으므로 반드시 티를 내고 싶어 한다. 양아치들이 문신을 하거나 태도가 불량한 게 다 그런 이치다. 위아래로 전부 검은

옷을 입고 눈빛이 칼날처럼 번득이는 자가 위험하다. 장풍의 경우 얼치기는 손에 모인 기를 감당하지 못해 어깨에 힘을 넣거나 팔을 과도하게 흔들게 된다. 특히 장풍 고수는 장풍을 연마한 자부터 노리게 마련이다. 대부분의 맹수는 어릴 때 잡아먹힌다. 생존율이 십 퍼센트 정도밖에 되지 않는다.

"언제까지 조심해야 할지 알 수 없다. 그래도 계속 배우겠느냐?"

기진은 심각하게 고민하다 대답했다.

"할게요. 해야죠. 하겠습니다."

그냥 넘어가도 다 알아먹을 것을, 사범은 굳이 나에게 한마디 했다.

"그리고 너, 굼벵이."

"네?"

"넌 아직 아무것도 조심할 필요 없다."

아 네, 뭐가 있어야 조심을 하지요.

우리에게 장풍보다 먼저 닥친 건 사생대회였다. 태양이 세상의 모든 먼지와 바람을 빨아들여 타오르고 있는 것 같은 날씨였다. 전국에서 모여든 천여 명의 학생들이 직인이 찍힌 원고지와 켄트지를 받아 미술관 주변의 그늘로 삼삼오오 숨어들었다. 기진과 나는 미술관 맞은편 숲속에 정착했다.

나는 시는 쓰는 둥 마는 둥 기진만 훔쳐보았다. 근경에 나무 하나를 넣고 뒤편의 산세를 배경으로 미술관 건물의 일부와 분수대를 초점으로 잡았다. 복잡한 주제를 잡아놓고 스케치까지 꼼꼼하게 했다. 기진이 이십 호 붓으로 팔레트 위에 검정에 가까운 혼색을 풀 때부터 나는 엉덩이가 들썩였다. 기진의 채색 기법은 입시 미술과 정반대였다. 음영부터 짙고 뚜렷하게 잡은 다음 점차 터치를 덜 중첩시켜 하이라이트로 가는 방법을 썼다. 밀도와 입체감이 도드라지지만 시간을 많이 잡아먹었다.

"어쩌려고 그래?"

"뭘?"

"안 그려줄 거야?"

기진은 들은 체도 하지 않았다. 나는 텅 빈 원고지를 든 채 무작정 일어섰다. 갈 데도 없으면서 바삐 걸었다. 미술관의 넓은 잔디밭에는 벌써부터 작품을 끝낸 애들이 뛰어다녔다. 뜨거운 햇살이 머리카락 사이사이에서 벌레처럼 기어 다녔다. 얼마 걷지도 않았는데 나는 식식거리고 있었다. 부풀었다는 것 외에는 완전히 모호한 감정이었다. 꽉 차 있는 게 아니라 텅 비어 있었다. 아무것도 없어서 터질 것처럼 위태로웠다. 온 세상이 뜨거운 여름인데, 내 가슴속은 아직도 날씨만 있는 무명의 계절이었다.

나를 보는 기진의 시선이 달라진 건 좀 되었다. 자력을 물려받은 쇠붙이가 플라스틱 조각 따위를 굽어보는 눈초리. 겸손을 덧칠해놓았지만 수채화 물감처럼 다 비쳐 보였다. 나는 산타의 비밀을 숨기는 어른의 심정을 경험했다. 기진을 설득할 능력도 없었지만 그러고 싶지도 않아졌다. 기진의 눈빛이 그렇게 빛나는 것은 처음 보았다. 학교짱, 아니 전교 킹카나 가질 법한 눈빛이었다. 그럼 나는 뭐야. 킹카 똘마니?

천만에. 현실에서는 셔틀의 똘마니였다. 말이 셔틀이지 재헌 일당은 우리에게 바라는 게 없었다. 돈이 많아서 삥을 안 뜯는 거였고 수행평가도 과외선생들이 다 알아서 해줘서 시키지 않는 거였다. 간식이나 군것질거리도 비싼 걸로 죄다 집에서 싸가지고 왔다. 우리는 보통 벽이나 기둥으로 쓰였다. 수업 시간에 딴짓할 때 가리개 셔틀을 해주거나 점심시간에 카메라로 서 있는 게 유일한 용도였다. 하지만 아무짝에도 쓸모가 없는 게 더 비참하다는 생각은 사치였다. 기진이 재헌의 제안에 동의한 그날부터 나는 하루에 두 번씩 매점을 향해 뛰었다. 기진은 뛰지 않았다. 내가 사 온 빵이나 음료수의 주인은 기진이었다.

기진은 이제 내 운명의 주인이기도 했다. 무엇을 조심하건 말건 나는 이제 기진에게 달려 있었다. 재헌에게 맞게 될 일보다 그게 더 비참했다. 누구는 자존심도 뺄도 없어서 참나? 이기면 지게 되는 거야. 가만히 맞은 아이도 처벌을 받았는데 걔네들 얼굴에 스크래치라도 하나 남겼다간…… 아빠 엄마까지 지는 사람으로 만드는 거라고. 어차피 질 거, 주먹보다 큰 게 날아오기 전에 미리 넘어져주는 게 상책이 아니겠니?

하지만 기진에게 다시 돌아갔을 때,

내가 느낀 감정은 뜻밖에도 배신감이었다. 내가 자리에 앉았을 때만 해도 그것은 몇 개의 묽은 색으로 화면을 아무렇게나 분할한 두 개의 무의미한 화면이었다. 숫제 스카프나 벽지 디자인에 가까웠다. 기진은 이십 호 붓 하나로 그 위를 종횡무진 옮겨 다녔다. 한쪽이 마르는 동안 다른 쪽에 터치를 하고, 이쪽에 머무는 동안 저쪽에 그릴 것을 생각한다는 식이었다. 기진의 붓은 발레리나의 토슈즈만큼이나 빨랐다. 발레리나의 현란한 스텝 밑에서 어느새 원경과 근경이 갈리고 있었다. 기진은 화폭 외에는 아무것도 보지 않았다. 세상에 없는 풍경이 켄트지 위에서 인화되고 있었다. 내 가슴속에 있었던 단어들이 낱낱의 음운들로 흩어지고 있었다.

잃은 게 있으면 얻는 게 있어야지.

이유는 알 수 없지만 기진의 그림은 단 한 점도 장관상을 받지 못했다. 더 의외인 건 초고속으로 그린 그림 중 하나가 가작에 뽑혔다는 사실이었다. 불행하게도 그 그림은 재헌이가 입이 귀까지 찢어져 골라 간 것이 아니었다. 납득은 어려웠지만 정리는 깔끔했다. 존심 버리고, 상 못 받고, 맞기까지 하게 생겼다. 일타쌍피(一打雙皮)를 터뜨리려다 삼진 아웃당한 꼴이었다. 그런데도 실성을 했는지, 성불을 한 건지, 기진이는 버스 안에서 띄엄띄엄 피식거렸다. 고급 화장실에 딸린 타이머 향수 같았다. 상쾌하다 못해 쌍욕이 절로 떠올랐다. 어금니를 악물다가 자꾸만 이빨을 갈았다.

피식…… 뿌드득…… 피식…… 뿌드득……

지하철에서 빠져나오자 벌써 해가 가라앉고 있었다. 여름 해는 한꺼번에 에너지를 너무 많이 써서 빨리 기우는 모양이었다. 기진이는 일정한 속도를 유지하고 있었으나, 나는 탈진한 마라토너처럼 빨라졌다 느려졌다 했다. 뒤통수를 보면 후려갈길까 봐 앞장섰다가, 피식 소리를 듣고 힘이 빠져 뒤처졌다. 그래도, 비록 비참하게 졌지만, 오늘의 코스는 완주한 셈이라고 생각했다. 신도 이쯤 했으면 복잡해질 대로 복잡해진 내 심사를 좀 쉽게 해주겠지, 막연하게 믿고 있던 참이었다.

도장이 백 미터쯤 남아 있는 곳에 신이 온통 검은 모습으로 강림해 계셨다. 양복에 중절모까지 쓰고도 모자라서 팔과 어깨에 한껏 날을 세우고 있었다. 저것은 말로만 듣던 사파? 어두운 선글라스 속에서도 오직 기진만을 노리는 날카로운 눈빛이 느껴졌다. 기진은 길 중앙에 멈칫 서버렸고, 나는 게걸음 쳐서 길가로 물러났다. 남자가 손목을 중심으로 손바닥을 합쳐 허공을 일타하자마자 기진은 이 미터쯤 뒤로 활강했다. 모르고 보면 영락없이, 장풍에 제대로 얻어맞은 행인이 나자빠지다 못해 날아가버리는 광경이었다. 그런데, 만약 처음부터 장풍이 없었다면?

아니, 그깟 장풍 따위 있었건 말건.

나는 방금 전 풍경이 머릿속에서 느리게 재생되는 것을 보고 있었다. 팔과 손이 유려하게 태극을 그리는 동안 남자의 머리와 등은 그려놓은 듯 움직이지 않았다. 날카로움은 흘렀고, 고임은 물결쳤다. 남자가 여유 있게 움직일수록 시간의 고무줄은 위태롭게 늘어났고 그 고무줄의 예정된 파열을 향해 기진의 종아리 근육은 팽팽하게 부풀고 있었다. 날아가는 듯 날아오는 듯 부유하는 황사 속에서 그들은 밀어내는 듯 잡아당기는 듯 하나의 자장에 속해 있었다.

마침내 입을 한껏 벌리고 먹이의 급소를 향해 날아가는 뱀의 아가리처럼 남자의 두 손이 자장의 벽에 구멍을 뚫자, 기진의 몸은 남자의 흐름을 그대로 물려받아 배영하는 돌고래의 자세로 날아올랐다.

장풍에 맞은 게 아니라 장풍의 물결을 타고. 잠시지만 기진은 분명 허공을 헤엄치고 있었다.

정말 장풍이 있었건 없었건.

장풍을 쏜 남자가 사부였건 말건.

기진은 장풍을 피하는 데 성공하고 만 거였다.

기진의 등이 땅에 부드럽게 닿은 것이 먼저였는지, 돌아서는 남자의 뺨이 미소로 부풀어 오른 것이 먼저였는지는 기억나지 않는다. 다만 나는 위로받은 기분이었다. 남자의 뱀 머리를 닮은 손동작이, 내 가슴을 부드럽게 어루만지고 간 기분이었다.

무릇 꼬리가 없어져야 물갈퀴가 생기는 법

재헌이 월요일이 되자마자 우리를 집합시킨 건 당연했다. 대개의 세상사가 그렇듯 진부하지만 가볍지 않을 뿐이었다. 반면 기진의 태도는 가벼워서 독창적이었다. 점심시간이야 오건 말건, 오전 내내 장풍 날리는 시늉만 하고 있었다. 독창성으로는 재헌도 쌍벽이었다. 숲속에서 우리를 맞은 것은 쌍욕과 주먹이 아니라 조소와 각목이었다. 어디서 구했는지 재헌이 가슴 높이까지 오는 긴 각목에 턱을 괴고 빙글빙글 웃고 있었다. 더도 말고 덜도 말고 딱 스무 대만 때리겠다는 거였다. 이건 아니라고 생각했다. 차라리 성질부리며 두들겨 팰

일이지, 빠따는 선배나 선생처럼 굴겠다는 거잖아. 나쁜 놈을 넘어서 급이 다른 놈이 되겠다는 거고, 복수하는 게 아니라 교육을 시키겠다는 심산이잖아.

치욕스러웠지만 나는 받아들이기로 했다. 맹세코 재헌의 주먹이 무서워서가 아니었다. 부모님까지 패자로 만들지 않기 위해서였다. 그런데 나무 쪽으로 손을 가져가며 막 엉덩이를 대려는 순간 짧은 소리가 났다. 단순하고 경쾌하지만, 결코 가볍지도 사소하지도 않았다. 그 소리는 분명 두 개였다. 정확히 말하면 높고 낮은 두 음의 순간적인 합창이었다.

퍽(땡강)

돌아섰을 때 재헌은 땅에 코를 박고 있었다. 기진이 낮은 발차기로 각목을 부러뜨린 것이었다. 애들은 갑자기 썰물을 만난 갯벌의 게들처럼 허둥지둥 사라졌다. 기진은 아프지도 않은지 그 와중에도 장풍 쏘는 동작을 흉내 내고 있었다. 애들이 마치 기진의 장풍을 피해 도망가는 것처럼 보였다. 재헌이 엎어진 자리에서 미세한 흙먼지가 피어오르고 있었다.

나중에 안 사실이지만 기진의 정강이는 쇠처럼 단단해져 있었다. 반복된 뒤로뛰기 훈련으로 인해 정강이 주변의 근육이 비정상적으로 발달해 있었던 것이다.

그게 끝이었다.

기진은 더 이상 나와 같이 다니지 않았다. 재헌 일당과 놀지도 않았지만, 다른 A동 아이들의 친구가 되었다. 미술은 그만두었다. 공부를 열심히 해서 법대나 경제학과에 가겠다고 했다. 그렇다고 기진이 나를 무시하거나 멀리한 건 아니었다. 어쩌다 우연히 마주치면 항상 묻곤 했다.

"괴롭히는 새끼들 없지?"

"응, 그럼."

"있으면 말만 해. 내가 장풍으로 싹 쓸어줄 테니까."

"응, 그래."

그럴 때마다 기진의 어깨에는 힘이 잔뜩 들어가 있었다. 손동작이 어찌나 거창한지 뒷모습이 점만큼 작아져도 눈에 띌 지경이었다. 졸업한 후에도 한여름이 되면 나는 종종 기진을 떠올렸다. 특히 나무가 듬성듬성한 숲속에 들어서면 '픽'과 '땡강'의 짧은 불협화음이 뚜렷한 환청으로 들려오곤 했다. 아마도 평생 그럴 것만 같았다.

내 인생 두번째로,

날씨만 있는 계절이 다시 찾아왔다. 나는 이번에는 혼자서 도장을 찾아갔다. 사범이 내민 코팅지에서 망설임 없이 '금강불괴'를 골랐다. 사범은 의외라는 표정을 짓더니 말했다.

"온몸을 쇳덩이처럼 단단하게 만드는 무공이다. 알고 있냐?"

"물론이죠."

"그럼 뭐부터 배워야 할까?"

"실컷 때리는 법부터 배워야죠."

"어째서?"

"원래 거꾸로 하는 거잖아요. 장풍은 피하는 것부터니까, 금 강불괴는 때리는 것부터."

"세상에 그런 억지가 어디 있냐?"

"이 도장에 있죠. 때릴 줄을 알아야 맞을 줄도 알죠."

"꼬리도 없는 게 물갈퀴 타령하고 있구나."

나는 개구리처럼 펄쩍 뛰며 말했다.

"당연하죠. 여기는 속성 도장이니까요!"

사범이 천천히 씨익, 하고 웃었다. 그날의 남자가 누구였냐 고 나는 묻지 않았다. 어디선가 지구가 자전하는 소리가 들려 오는 것 같아서였다.

팔찌

The day 2th

정말이야, 싫은 남자랑 자면 나는 타임 루프 해.
그런데, 너랑도 이렇게 돼버릴 줄은 정말 몰랐네.

The day 6th

정말 한 번도 그런 생각해본 적 없어? 오늘이 여러 번째라
는 생각? 우리는 이미 여러 번 다시 살았어. 살 때마다 삶이
바뀌고, 그때마다 기억도 바뀌었지. 아니라고? 어제의 기억,
일주일 전의 기억이 선명하다고? 그것도 바뀐 기억이라니까.

매일매일 기억이 죄다 바뀌어서 딱 한 번만 살아온 것처럼 느껴지는 것뿐이야.

이게 아니었는데, 하는 생각이 드는 이유야. 나는 이런 사람이 아니었는데, 이건 내가 바라던 삶이 아닌데, 하는 생각 말이야.

*

아닌가?

아니**었**는데? 라고 해야 맞나?

그런데 **었**, 이라는 말 이상하지 않아?

었, 었, 었, 었, 하고 있으면 머리가 커졌다 작아졌다 해.

대체 **었,** 이 뭐야?

왜 **었,** 같은 이상한 말을 쓴 걸까?

*

그런 거 있잖아. 잃어버린 물건이 갑자기 나타날 때. 분명 탈탈 털어서 완전히 없어진 걸 확인했는데, 어느 날 보면 책상이나 방바닥 한가운데서 능청스레 웃고 있지. 립스틱? 귀걸이? 노우. 나는 가방을 다시 찾은 적도 있어. 이 좁은 방에서.

그 가방은 결국 잃어버렸지. 인생 템이었는데.

다 이유가 있나 봐. 다 이유가 있는 것 같아.

*

뭘 히죽히죽 웃니? 뭘 안다고 웃니?

*

아 참, 그런 적도 있다. 좀 웃긴 얘긴데, 안 웃을지도 모르지만. 하여튼 내 친구들 얘긴데, 어느 날 술에 취해서 사소한 걸로 시비가 붙은 거야. 술 엄청 취해도 말짱한 애들 있잖아. 한 명이 LGBT라서 논쟁이 심각해졌는데, 정말 어이없게 심각해지더니 중간에 한 명이 소리 지르고 가버렸어.

다음 날 화해시키려고 단톡방을 열었는데 둘 다 답이 없어. 이걸 어쩌지 했는데 한밤중에 연락이 와서 둘 다 기억이 안 난다는 거야. 정확히 논쟁이 시작된 그 시점부터.

일주일 뒤에 다시 만났는데 술을 먹고 필름이 또 끊겼어. 지난번 얘기 끝난 데서부터 연장전을 시작하더라. 어이없는 게 그때는 일주일 전에 싸운 걸 기억하더라.

술에 취했을 때만 키핑한 걸 기억하는 손님도 있어. 평소에는 우울한데, 키핑한 술만 먹으면 신나. 한 병을 더 시켜. 얼마 못 먹고 키핑을 또 해. 우리들 사이에서 별명이 그분이야.
우리는 그 손님 말고 그분을 좋아해. 그분을 만나려고 그 손
님한테 일부러 술을 먹이기도 해.

*

나도 확 건너뛰었으면 좋겠다. 확 건너뛰고 그분한테 갔으
면 좋겠다.

*

매일매일 갖고 나갈 물건을 챙겨놓고 그냥 나가.
스타킹을 거의 다 신고서야 아직도 사각팬티인 걸 알아.
난 왜 국밥만 먹으면 혀를 데는 걸까? 매번 기다리는 걸 까
먹어.
꼭 라면을 물에 넣고 나서야 냉장고에 남은 야채가 생각나.
야채를 썰다가 라면이 붇고, 붇은 라면을 먹으면 나는 머리가
불어. 통통 불은 머리로 나는 밤을 새워 생각해.

하루 종일 맴돌던 생각이 있었는데 그게 뭐였지?

＊

싫은 남자랑 왜 자냐고?

＊

진짜 딱 한 번이었어.

이차는 안 나가는 가게였어.

자주 오는 남자가 있었어.

착한 남자…… 착한 남자인 줄 알았지. 내 눈을 똑바로 쳐
다보지도 못했어.

그 새끼 오면 편했지. 시간이 느리게 가서 그렇지. 너무너
무 느리게 가서 나 혼자 아무 말이나 했지. 매일같이 오더라.
매일같이 와서 내 말에 고개만 끄덕이다가 술만 먹다 갔어.
내 몸에 손도 한 번 안 댔는데.

어느 날 그 새끼가 삼백을 부르더라.

웨이터가 뭐 이런 재미난 일이 다 있냐는 표정이더라. 연예
인도 안 뜬 애들은 삼백이면 된다면서.

룸으로 돌아가서 그 새끼 뺨을 갈겼지.

그 새끼는 나를 맥주병으로 후려쳤고.

나는 넘어져 있는데, 바닥에 얼굴을 대고 있는데, 기억이 쏟아지더라. 정말 쏟아지는 기분이었는데 그래도 그 새끼 마지막 말은 또렷이 기억나.

개같은 년이, 사람 취급해줬더니.

*

맥주병에 맞고 나서야 내가 그 새끼한테 여러 번 당한 게 기억났어. 타임 루프가 있던 걸 자각한 거지. 처음에는 망상이라고 생각했고, 그다음에는 하룻밤의 일인 줄 알았는데, 시간이 지날수록 기억이 또렷해지더라. 그 많은 밤들의 기억이. 힘에 눌려서 당하고, 한 대 맞고 당하고, 취한 줄 알고 도망쳤는데 다음 날 진상 부려서 당하고. 당하고, 또 당했더라. 머리로는 까먹었는데 몸이 기억한 거야. 그러다 어느 날 한계치를 넘은 거야. 그래서 그렇게 화가 났던 거였어.

덕분에 타임 루프에서는 벗어났지만.

고작 뺨 한 대 때리고 나는 가게에서 잘려.

피를 그렇게 흘리고도 전치 삼 주여서 고소도 못해.

고소를 못해서 나는 돈이 없는데 치료비밖에 못 받아.

치료비도 가게에서 받았어. 그 새끼는 한 푼도 안 냈어.

한 달 동안 집 밖에 못 나갔어. 몇 달 동안 무서워서 아무것도 못했어.

기억의 퍼즐들이 하나씩 돌아오기 시작한 게 그때야. 여러 번에 걸친 그 새끼와의 밤이. 조금씩 조금씩 다른 모텔방. 조금씩 조금씩 다른 죽고 싶은 마음. 조금씩 조금씩 다른 죽이고 싶은 마음. 조금씩 조금씩 다른 휑한 통증.

어느 날 집주인이 전화했더라. 월세가 밀려서 보증금이 반밖에 안 남았다고.

기억하고 싶지도 않은 기억을 되찾느라, 훨씬 더 긴 시간을 허비했네.

*

아저씨, 정신 나간 거 맞지? 내 얘기 기억하는 거 아니지?

The day 7th

아, 또 하루가 지난 거구나.
아, 또 너님은 취해 있구나.

미안. 나도 너 놔주고 싶은데. 아무래도 네가 내가 한 말 기억할 것 같아서 하루를 또 왔네.

어차피 여기까지 온 거, 하루 더 간다고 뭐가 달라지겠어.

나도 너처럼 기억을 못했으면 좋겠어.

오늘이 처음인 것처럼, 그렇게 히죽거릴 수 있으면.

*

왜 너라고 하냐고?

너는 그 하나같이 똑같은 오빠님들과는 다른 줄 알았거든.

오해하지 마. 내가 너를 오빠라고 부르지 않는 건 너에 대한 최소한의 예의니까.

*

너는 예쁘지.

웃는 게 예뻐.

어릴 때부터 부자인 사람들이 그렇더라. 너그럽고, 참 해맑은 데가 있어.

너는 네가 언제 멋있는지 잘 알더라. 그런 사람들 부러워.

어떤 눈빛을 해야, 어떤 표정을 지어야 여자들이 좋아하는

지 알아. 자세도 곧발라서 좋아. 뭔가 딱 떨어지는 느낌이야. 딱 떨어지는 느낌이 어떤 건지 알아?

적당히 따듯한 백사장 같아. 적당히 따듯한데 바싹 마른 백사장. 맨발로 걸어도 모래가 묻어나지 않는.

*

내가 얼마나 황당했겠어. 좋은 남자랑 잤는데도 타임 루프를 했으니. 지금은 이유를 알지만.

너무나도 잘 알고 있지만.

*

용호 오빠한테 왜 그랬냐고 물었지?
불쌍해서 그랬다고 했더니 너는 나한테 화를 냈지.
상대방은 진심인데, 왜 사람 감정을 가지고 노냐고.
그러는 너는? 내가 진심일 거라는 생각은 안 해봤니?

*

뭐? 가슴 부심이 있는 것 같다고? 가슴으로 꼬셨냐고? 어떻게 나한테 그따위로 말할 수가 있어, 이 나쁜 놈아.

*

불쌍해서 데이트하면 왜 안 되는데?
목걸이? 그런 거 선물로 받으면 사귀어야 하니?
그래, 잠깐 사귀었어. 자지 않으면 사귀는 게 아니라고?
잤으면 사귀는 거니? 너는 나랑 사귀는 거니?

*

그래, 벌써 일주일째니까 우리 사귀는 거 맞네.
근데 이것도 사귀는 거니? 이게 사귀는 것 같아?

*

내가 그 얘기 했던가?
우리 오빠가 근육병이야. 친오빠.
우리 오빠는 아예 누워 있어.
어떻게 좀 해달라는 듯한 눈빛으로 나를 바라보지.
네가 우리 집 얘기를 기억하는 건 싫은데.

아, 나 또 이러네. 또 이런 말을 해버렸네.

나는 왜 자꾸 똑같은 실수를 반복하는 걸까?

*

얘기 나온 김에 다 해. 다 하면 되지 뭐.

칠 일이나 팔 일이나 거기서 거기지. 다 얘기하고 또 자자. 어차피 너는 다 잊어버릴 거니까. 어차피 다 없던 일 돼버릴 거니까.

왜 몸을 파는지 알아?

어느 날 아빠가 바람이 나서 집을 떠나. 보내겠다던 돈은 안 와.

엄마가 장사를 시작해. 장사가 안 돼서 빚을 갚으려고 빚을 또 써.

그러다가 엄마까지 아프면 상속포기각서도 쓸 수가 없는 거야. 엄마는 삼천을 썼는데 딸은 일억을 갚지. 아빠한테? 가도 소용없겠지만 죽어도 가기 싫어.

독한 돈을 갚으려면, 그것보다 더 독한 빚을 쓰는 수밖에 없어. 대한민국에서 어린 여자애한테 그런 빚을 빌려주는 곳은 한 군데밖에 없지.

네가 안 간다고 한 곳.

기억 안 나? 너는 돈을 주면 그게 안 선다며?

나는 돈을 받으면 그게 꽉 닫혀, 알아?

그런 곳에 가면 한 달에 천만 원도 벌 수 있어. 두 달 일하면 일 년 학비가 해결돼. 하루 종일 안 피곤해도 되고. 시험 기간에 공부도 맘껏 할 수 있고. 어쩌면 남자 친구가 생길 수도 있겠지. 일 년에 두 달, 그게 뭐라고. 근데 그게 싫어서. 저주받은 몸을 갖고 있어서.

아침에 일어나면 나는 자꾸만 침이 말라. 길을 걷다가 갑자기 그럴 때도 있어. 자꾸자꾸 침이 마르는 거야. 침이 마르면 내가 무슨 사이보그가 된 것 같은 거야. 살아 있다는 건 침이 있다는 거잖아. 침은 항상 있는 거잖아. 필요 없을 때에도 항상 있는 게 침이잖아.

근데 왜 난 침이 없어?
나는 왜 침조차 제대로 가질 수 없는 거야?

＊

　그런데 너는 정말 기억이 하나도 안 나?

　벌써 일곱 번이나 반복했는데, 뭔가 이상하다는 느낌이 하나도 없어?

＊

　었,

　었,

　이게 무슨 의미 같아? 응?

　었,

　었,

The day 8th

　드디어 정신이 나갔구나.

　오늘은 오래 걸렸네.

　이상한 일이야. 똑같은 날을 사는데도 조금씩 다르다니.

매번 그렇게 다른데도 너의 어떤 건 절대 변하지 않는다니.

첫날 와서 화를 냈을 때는 내가 말을 잘못해서 그런 줄 알았어. 내가 용호 오빠를, 용호 오빠가 불쌍해서 데이트했다고 말한 것 때문에 그런 줄 알았지.

두번째 날에는 그래서, 처음에는 끌렸는데, 사랑은 아닌 것 같았다고 대답했더니.

네가 묻더라.

잤냐고. 잘 수 없으면 사랑이 아니라고.

내가 안 잤다고 했더니 네가 화를 냈어. 그런 거였으면, 처음부터 시작하지 말았어야 하는 것 아니냐고. 이상하게 화를 내더라. 가라앉혔다가도 화를 내고, 이제 그만할게, 미안해, 해놓고서는 조금 있다가 또 화를 내고.

원래 그런 사람인 건 줄 알았는데. 불의를 보면 참지 못하는 그런 성격인 줄만 알았는데.

다음 날 알았지. 내가 그냥 잤다고 했더니 네가, 말수가 줄어들더니, 다른 때보다 술을 많이 마시더라. 그러고는 취해서 나에게 말했어.

그런 남자랑 어떻게 잘 수 있냐고.

취해서 발음을 흘렸지만 분명 그 말이었어.

다음 날에도 똑같이 말했거든. 이번에는 내가 화를 내지 않앉을 뿐이지.

더 이상 화를 낼 필요가 없어졌으니까.

*

나는 오늘따라 왜 이렇게 술이 안 취하는 걸까?

*

뭐라고 설명해야 할까. 그러니까……

팔찌?

팔찌 같은 거라고 말하면 이해할라나. 팔찌가 하나 있는데,
이게 빠지질 않는 거야. 그러니까, 팔찌라는 게 그렇잖아, 평소
에는 팔목에 감겨 있는지조차 모르잖아. 차고 있는데도 뭔가
허전해서 깜짝 놀라 확인해보고 그러잖아, 잃어버린 줄 알고.
그런데 또 어떤 날은 이상하게 신경이 쓰여. 팔찌일 뿐인데
도. 한번 신경이 쓰이기 시작하면, 아무리 생각하지 않으려고
해도 생각하지 않을 수가 없어. 근데 그게 풀 수 없는 팔찌여
봐. 이대로, 풀 수 없는 채로 평생을 살아야 하나, 이런 생각이

자꾸 드는 거야. 그래봤자 팔찌인데, 고작 팔찌일 뿐인데도.

풀 수 없다는 거 알면서도 풀어내려고 온갖 힘을 쓰다가, 망치로도 쳐보고 톱으로도 썰어보고 그러다가, 풀기는커녕, 팔찌만 망치는 거지. 평생 찌그러지고 상처 난 팔찌를 낀 채 살게 되는 거야. 어느 날은 다시 예쁘게 만들어보려고 다시 펴보고, 상처 난 곳도 잘 메꿔보고 그러다가, 잘되지 않지, 당연히 잘되지 않아. 그러면 짜증이 나서 다 내팽개치고 엉엉 울다가,

손목을 잘라버리고 싶어지겠지.

손목은 잘랐다가 다시 붙일 수 있다는 생각이 드는 거지. 갑자기.

그런데 손목을 자를 수가 있겠어, 손목을? 고작 팔찌 때문에? 고작 팔찌일 뿐인데도?

*

우리 바 이름이 'SE, NG'잖아. 처음에 이름이 어찌나 마음에 들던지. 셀 에브리싱 낫 걸(Sell Everything Not Girl)이라는 뜻이잖아. 섹스는 엔지라고? 이렇게 물어보는 오빠님

들 지긋지긋했는데. 요즘 같아선 셀 낫싱 밧 걸(Sell Nothing
But Girl)이 나을 것 같네. 차라리 그게 나을 것 같아.

*

어쩌면 그 새끼한테 병으로 맞았을 때 난 죽은 건지도 몰
라. 원혼이 되어서 혼자 시간 속을 떠돌고 있는지도 몰라.

*

용호 오빠 때문에 화를 낸 게 네가 처음은 아니야.
언젠가 용호 오빠랑 같이 온, 업계 선배라는 사람이 그러
더라.
용호처럼 몸이 불편한 사람도 장애를 극복하고 성공하는
데, 너네들은 왜 노력을 안 하냐고?
왜 그러는지 다 알지. 선배라는 새끼가, 부탁하러 온 주제
에, 술값도 죄다 용호 오빠한테 물리고.
맘 같아서는 그때로 돌아가서 장애는 극복되는 게 아니라
고 말해주고 싶네.
용호 오빠처럼 CEO가 됐건, 우리 오빠처럼 누워 있건, 장
애는 장애일 뿐이야.
가난은 가난일 뿐이고.

용호 오빠가 좋은 게 뭔지 알아?

용호 오빠는 나한테 아무 짓도 할 수 없는 사람이잖아.

설마 무슨 짓을 하려 한다 해도 충분히 제압할 수 있지. 내가 살짝만 밀어도 넘어질 사람이니까. 혼자 다니다가도 툭하면 넘어져서 무릎도 까지고 얼굴도 긁어먹고 머리도 깨지는 사람이니까.

집에 가는데 졸졸 쫓아오지도 않을 거고. 쫓아오기는커녕 내가 데려다줘야 할 사람이지.

죽인다고 협박을 하겠어, 죽는다고 협박을 하겠어.

다른 남자들은 안 그래.

수면제 먹겠다는 사진은 약과지.

주소는 어떻게 알았는지 집 앞에서 기다리고 있는 놈이 있질 않나, 하염없이 비를 처맞고 있는 놈이 있질 않나.

옥상 난간 위에 서서 흔들흔들 저 밑에 거리 풍경 찍어 보내면서, 지금 와주지 않으면 뛰어내리겠다고 한 새끼도 있었어.

그런데 용호 오빠는 아니잖아.

아프다고 다 약자인 건지는 모르겠지만, 아프면 왜 다 착할 거라고 믿는지 모르겠지만.

그 오빠는 나한테 나쁜 짓을 할 수 없는 사람이잖아.

아닌가, 아이티업계에서 유명한 CEO시니까 해킹은 할 수 있을라나?

그래서 뭐? 내 집에 침입을 하겠어, 섹스 동영상을 찍겠어?

잤다는 건 아니지만, 내가 이걸 왜 너한테 변명하는지 모르겠지만,

처음으로 편안하다는 생각이 들더라.

처음으로 안전하다는 생각이 들었어.

편안하고 안전하다는 게 그렇게 좋은 건지,

처음 알았어.

*

그전에, 내가 걔랑 자든 말든, 그게 너네랑 무슨 상관인데.

*

혹시 페미니스트야?

이렇게 묻는 아재들 꼭 있더라.

한번은 너무 빡쳐서 혹시 꼰대세요? 이렇게 맞받아쳤더니 그 아재가 허허 웃어. 너무 쾌활하게 웃어서 나도 그만 헛웃음이 터졌는데, 그 아재, 순순히 고개를 끄덕이며, 글치, 나는 꼰대지, 꼰대 맞지, 이러더라.

페미니스트가 고개를 끄덕거리고 웃으며, 그럼, 나는 페미니스트지, 페미니스트 맞지, 이럴 수 있을 것 같아?

꼰대란 그런 거야. 모욕당해도 웃을 수 있는 거. 모욕당하면 웃을 수도, 웃지 않을 수도 없는 처지와는 다른 거야.

*

너라고 부르니까 억울해?

오십이 넘어도 육십이 넘어도 다 오빠님이라는데 겨우 열 살 많은 너한테 너라고 하면 안 돼?

너는 삼십대라고?

그래, 요즘엔 서른 넘은 남자도 여자애 술에 약을 타는구나.

어서 났니? 너네 잘 간다는 강남 클럽에서?

여자를 사면 안 돼도, 여자한테 약 먹이는 건 되나 봐?

아, 왜 이렇게 잠이 오지.
약은 네가 먹었는데, 왜 잠은 내가 와?

The day 9th

정말,

끝내기 어렵네. 끝내기 어려워.

네가 아침에 그럴 거라곤 상상 못했네. 그러고 싶니? 아침
에 일어나자마자? 술에 취해 곤히 자고 있는 애를?
하긴 처음은 아니지. 네번째 날에도, 다섯번째 날에도 너는
나한테 그랬으니까. 네가 먹인 약 때문에 기억을 못했을 뿐.
기억은 안 나는데 몸속은 갯벌이 된 것 같지. 지독한 폭우에
모든 것이 쓸려나간 갯벌.

결국 이번 타임 루프의 미션은 이거였나 봐. 마침내 확인하
기. 끝까지 확인해서 다시는 돌아오지 않기.

첫째 날 너는 바에서 나에게 화를 냈어. 내가 용호 오빠에게 상처를 줬다면서, 가슴 부심이 어쩌고저쩌고한 날이지. 갑자기 뛰쳐나가서는 한 시간 후에 카톡을 보냈고, 미안하다고 술 한잔 살 기회를 달라고 했고, 나는 바보처럼 그 자리에 다시 갔고.

너는 이해 못할 거야. 그냥 상처받은 채로 집에 가지 않고 싶은 마음을. 어떻게든 사과를 받아서, 누군가를 밤새 미워하지 않고 싶은 마음을.

첫날 나는 너랑 좋아서 잤지.

두번째 날에도 나는 너랑 좋아서 잤어. 그렇게 그렇게 조심했는데도 네가 결국 화를 낸 이유를 이해할 수는 없었지만.

세번째 날이 되어서야 뭔가 잘못됐다는 걸 알았어. 이번에는 내가 먼저 화를 냈어, 일부러 못되게 굴었지, 네가 화가 나서 집에 가버리기를 바랐지. 그런데 너는 너그러웠어. 실례한 게 있다면 미안하다고 말했어. 뭔가가 바뀐 줄 알았지. 나는 그걸로 이 지긋지긋한 반복이 끝날 줄 알았어.

네번째 날이 되니까 오기가 생기더라. 항상 이놈의 호기심이 문제지. 내가 거절하면 네가 과연 고분고분 집에 갈까 궁금해졌어. 그런데 잠이 오더라. 갑자기 토할 것 같더라. 다섯

번째 날에도. 잠이 쏟아지고. 정신을 잃고 나면 다시 너와 마주 보고 있는 바의 구석 자리였어. 미련하게도 여섯번째 날이 되어서야.

네가 내 술잔에 약을 탄다는 걸 알았지.

그래서 그날부터는 너한테 먹였어. 일곱번째 날에도, 여덟번째 날에도.

그리고 물론 오늘도.

*

약을 먹은 첫날, 네가 나한테 뭐랬는 줄 알아?
이번에는 뭐라고 할지 궁금해서 용호 오빠랑 잤다고 했더니?

목걸이 하나면 되는 년이었냐고 하더라.
목걸이 하나면 아무랑이나 자도 되는 년이냐고.

그때 알았지.

내가 왜 너랑 타임 루프를 하는지.

왜, 무슨 짓을 해도, 여기서 빠져나갈 수가 없는지.

*

교양수업 시간에 들은 얘기인데 빛은 자신의 미래를 알고 있대. 목적지까지 항상 최단 거리로 이동하는데 미래를 이미 알고 있지 않고서는 불가능하다는 거지.

어쩌면 나도 그런 게 아닐까 싶어.

타임 루프는 내 미래를 알고 있던 거지. 어쩌면 나보다 타임 루프를 먼저 겪은 또 다른 내가 나에게 알려준 건지도 몰라.

누가 알겠어? 어쩌면 이건 나만의 타임 루프가 아닐지도.

우주 어딘가에는 이 모든 걸 기억하는 네가 있을지도.

*

근데 너는, 하나도 기억 안 나니? 정말 단 한 가지도?

뭔가 찝찝한 기분 같은 것도, 전혀 없어?

*

꿈에서 나는 손목을 잘라.

손목은 다시 붙지만 손목에는 흉터가 남아.

그러면 다시 손목을 자르고 싶어지는 거야.

이놈의 흉터만 없으면.

손 따위는 없어도 좋겠다는 생각이 드는 거야.

*

너를 어떻게 하면 좋을까?

가게 밖에서 너랑 술을 먹지 말까? 아니면 사과만 받고 집에 데려오지 말까? 그럼 너한테는 아무 일도 안 생길 거 아니야.

그럼 내가 억울하잖아. 나는 벌써 여덟 번이나 당했는데.

너한테 약을 먹이자마자 신고할까?

너한테 약을 먹이고 당하다가 빠져나와서 신고할까? 그게 가능해?

약을 먹이지 않는 한 내가 너의 힘을 당할 방법은 없어.

설사 용케 빠져나와 내가 신고를 한다 해도 너는 약 핑계를 대겠지. 마약에 취해서 제정신이 아니었다고. 인터넷에는 꽃뱀이라는 댓글이 수억 개 달릴 테고 너는, 내가 먹인 거라고 우길지도 몰라. 내가 갖고 있던 약이라고 우기겠지. 어쩌면 내가 감옥에 갈지도 모르겠네. 네가 감옥에 간다면 너는 나 때문에 인생을 망쳤다며 나를 저주할 거야.

밤마다 집 앞에서 나를 기다릴지도 몰라.
밤새 비를 맞으면서 내 방 창문을 올려다볼지도 몰라.
난간 위에서 휘청거리며 아찔한 높이를 찍어 보낼지도 모르지.

너를 대체 어떻게 하면 좋아?

어떻게 하면 이 지긋지긋한 반복을 끝낼 수 있어?
오늘은 아니었으니까 다행이다 하고 그냥 용서해?
그리고 너와 있었던 일을 나만 평생 기억해? 그게 사는 거야?

*

세상에서 제일 싫은 말이 뭔지 알아?

였, 이라는 말이야, **였**.

*

그런 때 있어?

정말 별거 아닌데 자꾸 생각날 때?

말 한마디나, 짧은 기억 하나가 어떤 순간마다 떠오르는 거야. 지긋지긋한데, 꼭 그때마다 생각나. 그 순간이 지나가면 까맣게 잊히고 평소에는 절대 생각나지 않는 거지.

매번 생각나고, 매번 까먹어. 구 일 동안 너랑 이러면서 그런 거 하나 기억해보려고 집착했는데 어떻게 하나가 생각이 안 나? 자주 꾸는 꿈만 자꾸 생각났어. 나 운전하는 꿈을 자주 꾸거든. 면허도 없는데 운전을 잘해. 한참 운전을 하다 보면 나는 이곳에 있고 차는 저 앞에 있어. 난 분명 운전석에 앉아 있는데, 내 차는 나보다 빨리 달리는 거야. 간신히 이 차 저 차 피하다 보면 언덕이 나오고, 내 차는 곧 언덕 밑으로 사라졌다가, 다시 언덕 뒤로 올라왔다가…… 결국에는 어느 언덕 밑에서 연기가 나고 나는 도망갈까 아니면 현장으로 달려갈까 고민하다가……

아, 생각났다.

이런 거야.

삶은 국수를 체에 씻을 때마다, 왜 그렇게 국수를 탁탁 쳐? 그렇게 하면 더 쫄깃쫄깃해져? 어느 날 친구가 그렇게 물었던 게 생각나는 거지. 무슨 의미가 있는 말도 아니고, 기억할 만한 말도 전혀 아닌데, 체에 국수를 탁탁 털 때마다 그 대사가 재생되는 거야. 누가 내 머리에 장난을 쳐놓은 것처럼.

아, 또 생각났다.

나 왜 이러지. 천재가 돼가고 있는 건가. 남이섬 타조 말이야. 깡타였나. 연인이 나란히 서서 저 앞을 바라보고 있는데 깡타가 뒤에 슥 다가와서 같이 보는 거야. 사람이 언젠가는 뒤를 돌아보게 돼 있잖아. 남자애가 깜짝 놀라서 두세 걸음 뒷걸음치면서 엉덩방아를 찧은 거지. 그러면서 어아, 하는 소리를 냈다니까. 으아도 아니고 어어도 아니고 어아. 어아가 뭐라고. 그냥 얼결에 나온 소리일 텐데. 그 뒤부터 나한테 어아, 하는 버릇이 생긴 거지. 아야, 해야 되는데 어아. 답답하고 갑갑한데. 다시는 이러지 말아야지 생각해도 그때뿐. 부딪치거나 넘어지는 상황이 오면 또 어아, 이러고 있는 거야. 평소에는 내가 그러고 있다는 것도 까맣게 잊어버리고.

평소에도 기억나는 게 있기는 하지. 아빠 얼굴 떠오르는 거. 어떤 순간에만 떠오르고, 평소에는 아빠 얼굴이 안 떠올라. 죽어도 안 떠올라.

아빠가 나를 낚시하는 데 자주 데려갔었거든. 떠들면 떠든다고 뭐라고 하고, 돌아다니면 위험하다고 뭐라고 하고. 그럴거면 혼자 가지 왜 데려가. 한번은 내가 안 간다고 했더니 낚싯대를 내던지고 나가버렸어. 난 하루 종일 아빠 걱정을 했지. 정확히 말하면, 아빠가 나를 미워할까 봐 걱정했어. 초등학교 고학년 때까지는 다닌 것 같아. 난 아직도 매운탕을 못먹어. 아빠가 끓인 매운탕 생각만 하면 토가 나올 것 같아.

그날은 그래도 나았지. 백사장이 있었거든. 아빠는 돌 언덕 위에 자리를 잡고. 나는 해변에서 모래 장난을 하고 있었는데, 아, 해가 지네 하고 있었는데, 아 참 아빠는 어디 있지? 깜짝 놀라 고개를 들었는데, 아빠가 나를 쳐다보고 있었어. 뭐라고 설명해야 될지 모르겠는데.

마치 내가 해변인 것처럼.

내가 없는 해변을 보는 것 같기도 하고.

풀이나 나무나 뭐 그런 걸 보는 것 같기도 하고.

날 보는 건 맞는 것 같은데 도무지 무슨 의미인지 모르겠는 눈빛 있잖아.

그 눈빛이 자꾸 생각나. 그 눈빛이 생각날 때만 아빠 얼굴이 생각나. 그 순간이 지나고 나면 죽어도 아빠 얼굴이 생각 안 나.

근데 정말 그런 일이 있었을까?

해변에서 낚시를 한다는 것도 이상하지 않아?

*

있. 있. 있. 있. 있. 있. 있. 있. 있. 있. 있. 있. 있. 있. 있. 있.
있. 있. 있. 있. 있. 있. 있. 있. 있. 있. 있. 있. 있. 있. 있. 있. 있.
있. 있. 있. 있. 있. 있. 있. 있. 있. 있. 있. 있. 있. 있. 있. 있. 있.
있. 있. 있. 있. 있. 있. 있. 있. 있. 있. 있. 있. 있. 있. 있. 있. 있.
있. 있. 있. 있. 있. 있. 있. 있. 있. 있. 있. 있. 있. 있. 있. 있. 있.
있. 있. 있. 있. 있. 있. 있. 있. 있. 있. 있. 있. 있. 있. 있. 있. 있.
있. 있. 있. 있. 있. 있.

있.

*

웃지 말고 잠이나 자 이 미친놈아.

*

그래, 너는 지금까지 실수한 적 없겠지.
나를 만나지 않았으면, 실수가 있을 사람이 아니지.
실수 같은 걸 할 필요가 없는 사람이지.
나는 실수를 하면 안 되는 년인데.
너는 실수를 할 필요가 없는 분이라네.

*

너 때문에 욕을 하고 있어.
난 내가 욕하는 게 싫은데.
욕하는 게 정말 너무너무 싫은데.

The day 10th

안녕? 그리고 안녕.

이렇게 열흘을 채웠네.

아니지. 오늘로서 너와 나는 영 일이 되는 거지. 아니면 마이너스 구 일?

*

솔직히 이렇게 쉬울 줄은 몰랐는데.

*

궁금하지 않아? 나에게 왜 하루가 더 필요했는지? 내가 왜 그 끔찍한 하루를 또 반복했는지?

너는 궁금증을 풀 수 없을 거야. 나는 지금 집을 나와 걷고 있으니까, 지금 이건 네 앞에서 하는 말이 아니라 길을 걸으면서 나 혼자 생각하는 거니까.

하지만 처음으로 너는 오늘 너 혼자 겪은 일들을 죄다 기억하게 될 거야.

*

나는 벌써 한참 걷고 있어.

길이 좋네. 적당히 춥고, 공기도 참 좋다.

이런 곳이 있었네. 집이랑 별로 먼 곳도 아닌데. 다음에는 낮에 한번 와봐야겠어.

나는 계단을 올라가다가 나도 모르게 멈춰 서는 버릇이 있어서, 센서등이 꺼지는 바람에 어둠 속에서 계단을 가늠하느라 허둥대곤 했었는데. 오늘은 한 번에 올라갔어. 내 방까지 가는 긴 복도가 싫었는데, 오늘은 여배우가 되어 CF를 찍는 기분이더라. 복도 끝에 달린 CCTV를 카메라라고 상상했지. 하마터면 CCTV를 향해 미소를 날릴 뻔했어.

오늘은 바에서부터 너한테 마약을 먹였어. 말도 제대로 못하는 너에게 내 집 주소와 현관 비밀번호를 주었지. 나는 너를 믿었어. 아무리 정신이 없어도 내 집을 잘 찾아갈 줄 알았지. 그 정신에 술 사는 것도 안 잊어버리고. 정말 최고야, 오빠는.

덕분에 나는 지친 표정으로 집 문을 열자마자 화들짝 놀라 도망 나올 수 있었지.

이제 곧 경찰이 갈 거야.

너는 현행범으로 체포될 거야.

내가 없는 한 너는 핑계 댈 게 없어.

스토킹에, 불법 가택침입에, 마약 복용에, 심지어 주인 없는 집에서 술까지 드셨으니까.

내가 없으면, 내가 없기만 하면, 너는 빠져나올 수 없는 거였어. 웃기지. 나한테 나쁜 짓을 해야 네가 빠져나올 수 있다는 게.

지난 구 일은 똥 묻은 거라고 생각할게. 생각해보니까 내가 내 손에 똥을 묻히지 않고 너한테 똥을 묻힐 방법은 없는 거였어.

똥 묻은 사람이 지는 게 아니라, 똥 묻히기 무서운 사람이 지는 거였어.

나는 무사할 줄 아냐고?

그런 생각도 해봤어. 너 오기 전에 진지하게 백만 원을 부른 손님이 있었거든. 오늘 새벽에 그 새끼가 용케 기억이 나더라. 쓰레기통에 버렸던 명함도. 그 새끼랑 자면 나는 또 타임 루프 할 거고 그러면 네가 가게에 오기 세 시간 전으로 돌아가게 될 거 아니야. 그다음엔? 지갑에서 수표가 나오자마자 그 새끼 뺨을 힘껏 후려갈긴 다음 바를 빠져나오면 돼. 그 새끼도, 너도 더는 상대할 필요가 없는 거지.

하지만 그렇게 하지 않기로 했어.

그렇잖아, 내가 타임 루프를 하면, 이 세계의 나는 완전히 사라지는 것일까? 아니겠지. 또 다른 나는 여전히 남아서 이곳에서 살아가게 될 거야. 그 애에게 네가 복수를 하게 내버려둘 수는 없었어. 어쩌면 그 아이는 자신이 타임 루프를 한 걸 기억 못할지도 모르니까.

문제는 네가 이미 그런 나를 아홉 명이나 만들었다는 거지만.

나는 그녀들을 믿어.

언젠가 내가 룸으로 돌아가 그 새끼의 뺨을 때렸던 것처럼.

그녀들도 언젠가는 오늘의 나처럼 할 거라는 사실을 믿어.

그녀들은 나니까. 이제 세상에 내가 믿을 건 그녀들뿐이니까.

왓 더 검정!

오랜만에 세상에 나와 보니 거리의 모든 사람들이 싸우고 있었다. 집 앞에서는 두 아저씨가 멱살을 잡고 있었고, 골목 어귀에서는 아줌마와 중딩 남자애가 되지도 않는 씨름을 하며 다소 민망한 장면을 연출하고 있었다.

등산 스틱을 든 할아버지가 생머리 소녀를 추격했다.

초딩들이 나이 지긋한 할머니를 뒤쫓으며 희롱했다.

그때까지만 해도 심각하다거나, 말려야겠다고는 생각지 않았다. 오랫동안 나는 세상에는 없는 기타 코드를 연구 중이었는데, 초보일 때는 신기한 코드들이 잘만 생각나더니, 지금은 타락해 있었다. 타락하지 않을 수 없었다. 하지만 여자가 집단 구타당하는 걸 못 본 척할 만큼 타락하지는 않았다. 지하철역이 있는 큰길에서, 둥그렇게 모여선 남녀노소가 여자 한 명을 돌아가며 때리고 있었다. 여자는 좀비처럼 비틀거리며 다양한 방식으로 얻어맞고 있었다. 참 오랜만에 듣는 박자다 싶었는데 그것은 핀볼게임의 리듬이었다. 정신없이 부딪치며 슝슝슝슝슝 하다가, 한동안은 구슬 혼자 흘러내리다가, 어느 순간 다시 또 슝슝, 하는 바로 그 템포.

길 맞은편에, 그 광경을 팔짱 끼고 구경하는 경찰관만 없었더라도.

나는 4차선 도로를 무단횡단하며 지금 뭐 하는 거냐고 소리 질렀다. 경찰은 무관심이 가득 찬 얼굴로 나를 쳐다보았다. 이상하게 설득력이 있는 그런 종류의 무관심이었다.

오늘이 무슨 날인지 모릅니까?

내가 모른다고 대답하자 비로소 경찰관의 얼굴에 표정이 생겼다. 표정의 의미는 알 수 없었지만 긍정적인 의미가 아닌 것만은 분명했다. 경찰관은 나를 간단하게 무시하고 다시 길 맞은편을 주시했다. 한동안 그러고 있다가 아직도 안 갔냐는 듯 돌아보더니 말했다. 타이밍의 뉘앙스, 말투만은 예의 발랐지만.

　오늘은 그렇게 입고 돌아다니시면 안 됩니다. 귀가하시든지, 노란색 아니면 초록색, 으로 갈아입고 나오십시오.

　그 말을 듣고 보니 길 건너편의 남녀노소는 노란색이었다. 윗옷이거나, 아래옷이거나, 위아래 모두이거나. 동네 중학교 교복은 암녹색이고, 아줌마는 노란색 티를 입고 있었으며, 할머니는 노랑, 초딩들은 초록이었는데……

　그녀의 옷차림은 특이해서 눈에 띄었다. 또각또각, 하이힐에 레깅스, 도 이상한데 레깅스 위에 초록색 벌룬스커트. 밑에는 덧입고 위에는 딸랑 나시 한 장. 그녀도 나를 유심히 바라보았다. 관심이나 호감의 눈빛이 아니었다. 온통 검은색인 나를 위아래로 훑으며 어떤 놈인지 알 것 같다는 비웃음 반, 동정심 반의반의 눈빛. 나머지 반의반이 무엇인지는 짐작 불가였지만.

　저어런 개애새끼!

　내가 막 그녀에게서 고개를 돌렸을 때 누군가가 외쳤다. 저만치 앞에서 초록색 덩치가 나를 향해 전속력으로 달려오기 시작했다. 초록색 덩치가 빨라지면 빨라질수록 시간은 느리게 가는 것 같았고, 나는 반짝이는 덩치의 대머리에 시선을 빼앗긴 채 '저어런 개애새끼'의 어감을 짓씹고 있었다. '이런 개새끼'도, '야 이 개새끼야'도 아닌 '저어런 개애새끼'라니. 거기엔 노랑보다 검정이 더 나쁘다는 함의가 들어 있었고 따라서 나는 오늘 오랜만에 공연 무대에 오르기는커녕 아예 인생 무대에서 내려올 운명인 모양이었다. 또오각, 또오각 걸어가던 그녀가, 뜬금없이, 짐작 불가의 반의반을 발휘하기 전까지는. 그녀는 오른손을 들어 간단하게 덩치를 멈춰 서게 한 다음 말했다.

남친이에요, 초록색 점퍼 있었는데 씹창 나서 버렸어요.

여자는 사분의 사박자에 투, 포.

뭐라도 입고 다니시오. 같은 편끼리 피 볼 뻔했네.

남자는 원, 스리에 정체불명 사투리였는데,

내가 입었으니까 됐잖아요.

말하던 박자 그대로 그녀는 걷기 시작했다. 뒤도 한 번 돌아다보지 않고 걸었다. 골목이 나오자 우회전, 좌회전해서 걷다가 곧장 우회전하고, 큰길은 잠시만 걷다가 다시 골목으로 들어섰다. 그냥 직진하면 될 것을, 그녀가 일부러 방향을 이리저리 트는 이유는 금방 밝혀졌다. 골목 어귀에서 노란색 남자 두 명이 툭, 튀어나오자 그녀는 벌룬스커트를 위로 뒤집었다. 뒤집힌 벌룬은 노란색 튜브가 되었고, 스커트가 있던 곳에는 레깅스가 있었는데, 레깅스에 튜브탑도 이상하긴 마찬가지였지만, 그녀는 노랑이었다가 초록이었다가, 초록이었다가 노랑이었다가, 멜론이었다가 망고였다가, 멜론, 망고, 멜론멜론, 망고, 멜론, 망고, 멜론멜론 망고 멜론!

이거 뭔가 리듬이 나쁘지 않은데…… 나쁘지 않은 리듬에 나는 이유 없이 끌리는데……

끌림의 중심이 나를 향해 돌아섰다. 멱살을 잡아채더니 나를 좁고 막다른 골목 안으로 이끌었다. 가느다란 팔에 어울리지 않는 힘이었다.

야 이 씨발 새끼야 왜 자꾸 따라와?

몰라서 묻니, 옷차림이 검잖아, 하고 생각했으나 나는 애써 존댓말로 바꾸어 말했다. 좀 도와주세요, 공연장까지만 가면 돼요.

언제까지 여자한테 빌붙을 테야? 그 정도 해줬으면 이제 알아서 해야지!

나는 여자가 여전히 이상하다고 생각했지만 모른 척했다. 공연을 해야 살 수 있다고, 공연을 해야 이 꼴 저 꼴 안 보고 집에 다시 처박힐 수 있다고, 공연을 하지 않으면 공항 수하물센터 알바를 다시 해야 할지도 모른다고, 집어 던지는 건 질색이라고…… 나는 집어 던질 수 없는 것들을 사랑한다고…… 대꾸야 얼마든지 할 수 있었지만 나는 지난달 생활비처럼 말을 아끼고 아껴서 대답했다.

도와만 주시면 은혜는 잊지 않겠습니다.
집에 들어가서 옷을 갈아입으면 되잖아!
그게, 집에 검은색 옷밖에 없단 말입니다.

노란색 염색을 지우지 말걸 그랬어요, 술집에 맥주 박스 나르는 일을 했는데 부장이 잘리고 싶지 않으면 검게 해서 다니라고 해서 어쩔 수 없었어요…… 나는 풀이 죽은 목소리로 대답했는데, 그저 동정심을 사고 싶었을 뿐인데, 그녀는 갑자기 분노해서 허공에 대고 소리 질렀다.

하여간 개새끼들, 알바는 염색도 못하냐?

그녀는 나를 어떤 건물의 뒤편으로 데려갔다. 용도를 알 수 없는 공간에 이런저런 물건이 버려져 있었다. 그녀는 버려진 의자에 앉아 담배를 꺼냈다. 적절한 타이밍에 담배에 불을 붙였다. 나는 그녀가 담배를 두어 모금쯤 피우게 내버려뒀다가 물었다.

대체 오늘이 무슨 날인데요?
싸움의 날.
그게 뭔데요?
말 그대로 싸우는 날이야.
왜 싸우는 건데요?
장난해? 이기려고 싸우지.
이기면 뭐 하는데요?
싸움이 끝나겠지.

그녀는 기껏해야 두 시간이라고 말했다. 시간이 갈수록 사람은 점점 늘어나 해가 지면 세상은 연두색으로 변할 것이다. 노란색과 초록색이 촘촘하게 뒤얽혀 한 가지 색만 존재하는 공간은 손바닥만큼도 없을 것이다. 그때가 되면 자신의 옷차림도 아무런 소용이 없을 것이므로 그전에, 어딘가 안전한 곳으로 이동해야 한다.

어디가 안전한데요?
공연장은 안전하지. 공공장소에서는 못 싸우게 돼 있으니까.
그럼 당신은요?
나? 나는 남친을 만나러 가는 길이야.
이런 날에 남친을?
이런 날에 죽여야 개 값을 안 물지.

노란색 남자가 등장한 것은 그녀가 막 담배를 끄려던 순간이었다. 남자는 갑자기 나타나 있었고, 그녀는 담배 때문에 옷을 잽싸게 올리지 못했다. 어정쩡한 속도로 바꾼 게 더 나빴다. 초록색이 노란색으로 바뀌는 과정을 목도한 남자는, 내가 웬만하면 여자랑 개는 안 때리는데…… 하더니 말했다.

이런 개만도 못한 년을 봤나,

남자는 나를 쳐다보지도 않았다. 검은색은 세상에 없는 색깔이라는 듯 그녀에게로 걸어가 원, 투, 를 날렸다. 피투성이가 될 줄 알았던 그녀는 남자와 똑같은 리듬으로 남자의 주먹을 피한 다음 뒤로 빠지는 척 파고들어 어퍼컷을 날렸다. 엇

박자로 얻어맞은 남자는 잠시 박자 감각을 잃고 휘청거렸다. 그녀는 그사이 남자가 하려던 원, 투, 를 모두 성공시켰다. 바닥에 주저앉은 남자의 얼굴을 롱킥으로 후려차기까지 했다. 잠시지만 남자는 죽은 것 같았다. 남친을 죽이겠다는 그녀의 말은 농담이 아닌 것 같았다.

하지만 남자는 다시 일어섰다. 이미 박자를 익힌 듯 그녀의 연이은 발차기를 모두 피했다. 남자의 해머 같은 주먹질이 이어졌다. 남자는 주먹을 사리지 않고 휘둘렀다. 그녀가 용케 피할 때마다 쌓아놓은 와인 박스가 부서졌다. 파라솔대가 둔중하게 댕, 하는 소리를 냈다.

뭐 해, 이 새끼야.

여자가 나에게 외쳤다. 아무래도 나에게 기타를 휘두르란 얘기 같았다. 내가 고개를 흔드는 동안 그녀가 휘두른 나무 의자가 두 동강이 났다.

주먹이라도 써!
기타는 뭘로 치고.

천장재가 쪼개지고, 철판이 우그러졌다.

발이라도 날려!

이펙터 밟아야 돼.

머리를 빗맞은 건데도 그녀는 쓰러졌다. 그녀가 밟힐까 봐 걱정했으나 남자는 돌아섰다. 남자는 아무 말도 없었으나 나를 바라보는 남자의 눈빛은 말하고 있었다.

(내가 웬만하면 검은색은 안 때리는데……)

나는 눈으로 박자를 읽으면서도 맞았다. 한번 맞을 때마다 음 소거가 잇달았다. 퍽, 찰싹, 퍽퍽, 하는 경쾌한 소리는 사라지고 낮게 둥, 둥둥, 하는 진동만 전해졌다. 그때마다 나는 심해에 빠진 기분이었다. 심해에 빠졌다가, 물 위로 나왔다가, 공간 점프를 반복하고 있는 기분이었다. 심해에서는 아무것도 못 느끼다가, 물 밖으로 나오면 비로소 통증이 밀려오며 청각이 되살아났다. 남자는 내가 물 밖에 있을 때를 노려 짧게, 짧게 말했다.

씹새끼야, 좆같은 새끼야, 너 같은 새끼 때문에, 너 같은 새끼도 남자……

끝없이 이어지는 욕설 사이로, 땡! 하는 소리가 들렸다. 아니 그것은 땡!이 아니라 땡?에 훨씬 더 가까운 소리였다. 푸른 하늘을 배경으로 그녀가 손에 쇠파이프를 들고 있었다. 남자는 심해에 천천히 가라앉았다. 한동안은 무슨 일이 벌어졌는지도 모르는 것 같았다. 무릎을 꿇고 나서야 자신의 뒤통수를 한번 쓸어보았다. 나는 그의 눈동자 속에 잿더미가 이는 것을 보았다.

튀어.

남자가 완전히 쓰러지자 그녀가 말했다.

오늘은 죽여도 되는 날이라며.
무기는 불법이란 말이야.

우리는 이미 튀고 있었다. 튀면서 말하고 있었다.

아까는 기타로 치라며?
내가 언제?

나는 얼굴과 몸의 일부를 심해에 두고 온 기분이 들었다.

눈짓으로 말했잖아?

그랬으면 쳤어야지?!

거리에는 그새 사람들이 늘어 있었다. 그녀는 나를 어떤 건물의 입구로 데려갔다. 그녀가 지문감식기에 손을 대니 문이 열렸다. 그녀는 나를 비상구 계단으로 잡아끌었다. 이층에 있는 남자 화장실의 끝 칸에 데려가 문을 잠갔다. 끝 칸의 한쪽은 전면 유리여서 밖이 훤히 내려다보였다. 가슴 높이까지는 밖에서 안 보이게 랩핑이 되어 있었다.

공연장부터 가지 여긴 왜……
각개전투일 때가 제일 위험해. 전선이 생겨야 묻어 가지.

무슨 말인지는 몰랐지만 바깥의 인구밀도는 그녀의 멜론, 망고 스킬로 지날 수 있는 한계는 확실히 넘어서 있었다. 노랑을 속이는 순간 초록의 눈에 띄고, 초록을 넘기는 순간 노랑의 공격을 받겠지. 하긴, 리허설은 여덟시고, 지금은…… 생각하자마자 태양이 눈부시게 날아들어왔다. 등에 멘 기타 때문에 그녀와 나 사이에는 가까스로 악수를 할 만한 공간도 남아 있지 않았다.

그런데 이런 데는 어떻게……

그녀는 아, 하더니 대답했다.

옛날에 여기서 근무할 때……

그녀는 내 쪽으로 돌아서려다 어깨가 걸리자, 다시 창밖으로 고개를 돌리며 말했다. 햇빛 때문에 눈이 부실 텐데도 그녀는 밖을 열심히 내다보고 있었다.

여자 화장실 꽉 차서 급하면 썼어요. 전망이 좋아서 기억에 남네.

그녀는 처음으로 존댓말을 섞어서 말했다. 머리카락에 감싸인 오른쪽 광대가 심하게 부풀어 올라 있었다. 얇은 끈 나시와는 어울리지 않는 관자놀이였다. 나는 그녀를 바라보지 않으려 애쓰며 물었다.

처음부터 안 나오면 되잖아요?
안 나오는 사람들도 많아요. 내 엑스처럼. 그러다가 습격당하겠지. 내 엑스처럼.
아니면 아침부터 나오든지. 왜 늦게 기어 나오는 거야?

그녀는 몸을 억지로 돌려 나를 마주 보더니 말했다. 다시 반말로 말하고 있었다.

너 같으면 일찍 나오겠니?
왜 때문에 안 돼?
나중에 지쳐서 맞아 죽으려고?
그러는 당신은 왜 일찍 나왔는데?
내가 싸우러 나왔니? 죽이러 나왔지?

그녀는 내 배를 밀고 다시 창 쪽으로 몸을 돌렸다. 나는 잽싸게 배에 힘을 주어 복근이 있는 척하지 않은 것을 후회했다. 그녀는 약간 힘이 빠진 목소리로 말했다. 처음으로 굳이 할 필요가 없는 말을 덧붙였다.

조금 여유 있게 죽이러 가고 싶어서 그랬다, 왜?

나도 조금 여유 있게 공연에 가고 싶어서 그랬다, 왜. 오랜만에 좀 걷고, 책방에도 들르고, 커피나 맥주는 공연장에서 줄 테니까 참을 거지만 편의점 앞 파라솔에 앉아 지나가는 사람들 구경도 좀 하고 싶어서 그랬다, 왜. 하지만 저렇게 많은 사람들을 보게 될 줄은 몰랐다. 저렇게 많은 사람들을 무서워하게 될 줄은 몰랐다.

지금이야.

그녀가 내 손을 잡으며 말했다. 내 손을 잡음과 동시에 화
장실 문을 열고 승마장의 경주마처럼 뛰어나갔다.

왜 이렇게 뛰는 건데.
밤이 되면 춥단 말야. 그리고 노랑이 싸우기 편해.

그녀의 말을 이해한 건 나의 눈이었다. 거리에는 그새 대열
이 생겨 있었다. 그녀는 노랑 대열에 들어가기 위해 노랑 대
열이 지나가기 전 건물을 빠져나온 것이었다. 대열에 들어가
면 싸울 일이 없을 거라 생각한 건 나의 섣부른 판단이었다.
그녀는 나를 데리고 대열의 중앙으로 파고들어 갔는데, 중앙
으로 들어갈수록 사람들은 밀집해 있었고 틈을 내주려 하지
않았다. 노골적으로 뭐 하는 짓이냐고 욕을 하거나 밖으로 나
가라고 밀쳐내는 사람들이 있었다. 몸을 흔들어 들어오지 못
하게 퉁겨내고, 어깨에 각을 세워 찌르고, 실수인 척 발로 걷
어차고, 다른 사람에게 안 보이게 꼬집거나 때리는 사람들이
있었다. 하지만 어디에나 그녀에게 길을 열어주는 남자는 있
게 마련이었다. 핑계 김에 그녀와 닿고 싶어 하는 남자들 같
았다. 그녀는 다른 남자에게는 아무렇게나 닿으면서 나에게
는 조심하는 티를 냈다. 그녀 주변에서 몇 번이나 남자의 비

명 소리가 터졌다. 힐로 발등을 찍히거나 팔꿈치로 코를 얻어 맞으면 어떤 심연을 만나게 될지 나는 알고 싶지 않았다. 그녀가 왜 하이힐을 신었는지 비로소 알게 되었을 뿐이다. 충분히 안전한 곳으로 들어오자 그녀는 기타 뒤로 한쪽 팔을 집어넣어 내 옆구리를 깊이 끌어안았다. 두번째로 하지 않아도 될 말을 했다.

오해하지 마. 좀 지쳐서 그런 거니까.

옆구리에 깃들인 그녀의 감촉이 파도 위에 떠 있는 섬 같았다. 갖가지 종류의 감각들이 주변을 할퀴고 지나갔다. 그들은 부대낌이나 통증으로 존재했다. 경멸이나 적대감이나 무관심으로 존재했다. 그들에게는 얼굴이 없었다. 주변에 가득한 사람 중에 얼굴을 가진 건 그녀뿐이었다. 이렇게 많은 사람들을 다 잊게 되리라는 게 이상했다. 대열의 바깥에 있는 사람들은 달랐다. 그들에게는 표정이 있었고 눈빛이 있었다. 그들은 그녀와 나에게 대열에 어서 들어오라고 길을 열어주기까지 했었다. 나는 그들 중 몇 명의 얼굴을 기억하게 될 것 같았다.

공중에서 희뿌연 물체 하나가 대열을 향해 내려왔다. 꽤 컸는데 날개도 없고, 소리도 나지 않았다. 가까이 다가올수록 그것은 붕어에 흡사한 모양으로 변해갔다. 어깨를 감싸 안은 내 손에서 긴장을 느꼈는지 그녀가 고개를 들었다.

저 새?

물고기잖아.

나한텐 새로 보여.

날개가 없잖아.

나한텐 날개가 보여.

그럴 리가.

쟤는 원래 그래.

쟤가 뭐길래?

쟤는 머신이야. 사람들이 그렇게 불러.

그래서 뭔데?

안 싸우는 사람 잡아먹는 기계.

아무리 봐도 붕어 모양인 비행체를 바라보며 나는 물었다.

근데 나는 왜 안 잡지?

너를 왜 잡지?

검은색이니까.

쟤한텐 똑같아.

뭐가?

쟤는 색깔 신경 안 쓴다고. 안 싸우는 사람만 잡아간다고.

그녀의 말이 옳았다. 비행체는 대열을 떠났다. 대열 안에만 있으면 싸우는 사람인 모양이었다. 비행체는 하나가 아니었다. 여러 동물의 형상이 홀로그램처럼 여기저기에 떠 있었다. 나는 그것들을 일일이 가리키며 그녀에게 저건 무엇으로 보이냐고 묻고 싶은 충동을 느꼈다.

이제 나가야 해.
어째서?
대열은 직진할 거야. 공연장은 저쪽으로 가야 하잖아.

나는 침을 꾸욱 삼킨 다음 말했다.

그럼 너는 여기 남아. 나 혼자 갈게.
어째서?
나가면 위험하니까.

그녀가 피식 웃더니 말했다.

공연장이 놀이터 근처라고 하지 않았어?
응, 놀이터에서 가까워.
나랑 비슷하네.
뭐가?

내 엑스 집은 놀이터 바로 앞이야.

말이 끝나자마자 그녀는 나와 기타 멜빵을 하나씩 나누어 메었다. 두더지가 흙을 파내듯 사람들의 지층을 뚫고 나가기 시작했다. 대열은 들어오는 것보다 나가는 게 더 힘들었다. 사람들이 자꾸 안쪽으로 움직이고 있어서인 것 같았다. 하지만 우리는 대기권을 이탈하는 로켓처럼 점점 더 빨라졌다. 커다란 사거리 직전에 있는 골목으로 날카롭게 꺾어 들어가는 데 성공했다. 그녀는 골목 초입의 작은 주차장으로 나를 몰아넣었다. 기타를 내 등에서 벗겨내더니 어느 틈에 슬쩍했는지 노란색 셔츠를 건넸다.

빨리빨리.
근데 이거 입음 당신은 색 못 바꾸는 거 아냐?
천만에, 더 쉽지.
어째서?
다 입었으면 기타나 메.

그녀는 고삐처럼 내 기타 멜빵을 잡더니 골목 안으로 걸어 들어갔다. 우리는 생각보다 한가했는데, 아무도 우리를 공격할 만큼 한가하지 않아서였다. 띄엄띄엄 서 있는 경찰관들도 잔뜩 몸을 사리느라 맡은 바 임무에 충실할 시간은 없는 모양이었다. 어떤 여자가 킬힐로 쓰러진 남자의 배에 구멍을 냈다. 쿵후를 하는 것 같은 수술복 차림의 남자도 있었다. 낮은 자세로 팔을 한번 휘둘렀을 뿐인데, 상대의 허벅지에서 피가 왈칵, 왈칵, 쏟아져, 나왔다. 가로등 불빛에 남자의 두 손끝이 차갑게 빛났다. 메스였다. 속이 울컥, 울컥, 거렸다. 말도 띄엄, 띄엄, 나왔다. 날카롭게 갈린 젓가락이 있었고 말더듬이가 있었다. 온갖 무기 아닌 무기가 난무했고 그걸 알고도 모른 척하는 것 같은 비행체가 있었다. 비행체한테는 싸우지 않는 것만 문제인 모양이었다. 비행체는 우리를 보더니 알록달록 빛을 내기 시작했다. 우리가 더 작은 골목으로 접어들었는데도 주변에 알록달록한 빛이 비치자 그녀가 딱, 멈춰 서더니 말했다.

빨리 날 때려.
뭐라고?
주먹으로 까라고 빨리.
우린 같은 편이잖아?
난 분명 먼저 기회 줬다?

알록, 달록한 빛이 이번에는 머릿속에서 튀었다. 뚜앙, 따앙, 왼쪽 턱과 오른쪽 관자놀이에 심해 두 송이가 피었다. 내가 고개를 흔들어 심해를 털어내는 동안 그녀는 노랑이 아니라 초록이 돼 있었다. 어쩌면 비행체가 쫓아올 때부터 초록이었을까? 나는 무언가를 묻는 심정이 되어 한껏 낮게 다가온 비행체를 올려다보았는데,

쳐다보지 마. 바보야, 죽고 싶어?

그녀가 내 명치에 알록,

이래도 안 때려? 이래도?

달록을 박으며 말했다. 나는 앉는 것도 아파서 천천히 앉으며 말했다.

여자를 어떻게 때려?
네가 때려야 재가 간다고.

나는 할 수 없이 그녀의 어깨를 톡, 쳤다. 그녀가 내 이마에 잽을 날리더니 말했다.

제대로 안 해? 이러다 나도 잡혀간다고.

나는 할 수 없이 그녀의 이마를 톡, 쳤다.

이 새끼가 진짜.

그녀가 내 정강이를 깠다. 다리에서부터 솟아오른 불꽃이 머릿속에서 퍼벙, 퍼버벙 하고 터졌다. 반사적으로 팔을 뻗어 그녀의 뺨을 쳤다. 뺨을 쳤는데 감촉이 좋았다. 나는 여자를 때렸다는 죄책감과 또 때려보고 싶다는 욕구 사이에서 갈등했다. 갈등하는 사이에 정강이 폭죽이 또 터졌고 이번에는 주먹이 발사되었다. 얼굴을 가격하려다가 갑자기 마음이 약해져서 궤도를 수정한다는 게 가슴을 간신히 피한 다음 배에 불시착했고 그곳이 급소라는 생각은 그녀가 스테이플러처럼 접히고 나서야 났다. 그녀는 비행체가 떠나고 나서야 한바탕 기침을 했다. 한동안 숨을 못 쉬었다는 뜻이다. 미안하다고 말해야 하는데, 엉뚱한 말이 튀어나왔다.

네가 시킨 거잖아.
누가 뭐래?
이제 정말 혼자 갈게.
누구 맘대로?

그녀는 일어나자마자 내 기타 멜빵을 잡았다. 세상에 공짜가 어딨니? 하더니 멜빵 한쪽을 비끄러매었다. 나는 견인차에 매달린 사고 차량처럼 끌려가며 거리에 사람들이 점점 늘어나는 것을 보았다. 지구의 지난 몇 세기를 파노라마로 구성한 영상 같다고 생각했다. 초록과 노랑이 빈틈없이 찍혀 있는 거리가 연두색 모자이크 같다고 생각했다. 대체 이곳을 무슨 수로 통과하나 싶었는데 그녀가 나를 때리기 시작했다. 초록과 만나면 초록이 되어서 나를 때리고, 노랑과 만나면 노랑이 되어서 나를 부축했다. 때렸다, 부축했다, 때렸다, 때렸다, 부축했다, 부축하는 척했다, 때렸다, 때렸다, 부축하는 척했다, 때렸다, 하면서 그녀는 길을 무사히 관통해가고 있었다. 나는 담금질을 당하는 기분이었다. 생고기 무두질을 당하는 기분이었다. 존재의 허무함을 고통스럽게 터득하는 기분이었다. 맞는 건 어쩔 수 없지. 나는 공연장에 가야 하니까. 그녀 없이는 도저히 갈 수 없으니까. 내가 맞기만 하면, 그녀도 싸우지 않고 길을 지날 수 있으니까. 내가 맞기만 하면, 내가 맞기만 하면······

내가 부처가 되어갈 즈음 그녀는 나를 모랫바닥 위에 내던졌다. 정확히 말하면 멜빵을 벗은 것인데 내가 기타와 함께 벗어진 거였다. 그녀는 나를 부축해 앉히며 더럽게 왜 땅바닥에 눕느냐고 말했다. 주위에는 땅바닥에 누워 있는 사람들이 많았다. 땅바닥을 안고 있는 사람도 있었고, 땅바닥과 씨름하고 있는 사람도 있었다. 놀이터였다. 우리는 놀이터에 와 있었다. 놀이터에는 싸우는 사람이 없었다. 경찰들이 놀이터를

감싸고 있었다. 그렇지, 놀이터는 공공장소랬지. 공공장소에
서 싸우는 건 금지돼 있댔지.

이해가 가지 않아.

나는 엉망인 채로 말했다.

뭐가?

그녀는 예쁜 채로 물었다.

어떻게 여기 이렇게 사람이 없을 수 있지? 어떻게 저렇게
다들 열심히 싸울 수 있지?
안 싸우면 싸움이 안 끝나잖아.
나와서 싸우면, 그러면 싸움이 끝나?

그녀는 담배를 물고 있었지만 불을 붙이지는 않았다. 우리
는 놀이터에 있었으니까. 해는 이울어지고, 가로등은 아직 들
어오지 않은 시간에 머물러 있었으니까. 하루 중 도시가 가장
어두운 때에, 온 세상이 물 빠진 티셔츠처럼 너그러워지는 무
렵에, 갓 구워지는 식빵처럼 마음이 조금씩 부풀어 오르려는
즈음에. 낮밤이 완전히 바뀐 채 살아가는 나는 이맘때쯤에 대

해서라면 누구보다도 잘 알고 있었다. 온 세상이 무채색이 되어버리는, 사람들이 모두 강아지의 눈을 갖게 되는 한동안.

여전히 예쁜 그녀가 나에게 물었다.

아저씨 노래 좋아?

나는 그녀에게 공연장에 오라고 말하고 싶었지만 참았다. 공연을 본 다음 엑스를 죽이는 것도, 엑스를 죽인 다음 공연을 보는 것도 기분이 별로이긴 마찬가지일 것 같았다. 그냥 죽이는 건 괜찮겠지. 술 한잔 마시며 열두시가 되기를 기다렸다가 밖으로 나오는 건, 뭔가 깔끔한 기분일 것 같아. 월식을 보는 기분이랄까. 우주와 내가 연결돼 있는 기분. 모든 것에 이유가 있는 것 같은 기분. 공연장까지의 거리를 나는 그녀의 리듬으로 뛰었다. 사람들은 모르는, 그녀만의 고유한 박자로, 한 대도 맞지 않고.

혼자 뛰는데도 그녀와 함께 뛰는 기분이었다.

혼자 비틀거리고 있는데도 그녀에게 맞고 있는 기분이었다.

근육 덩어리 여러 명이 공연장 입구를 가로막고 있었다. 음악의 역사에 관한 아주 어려운 질문에 답하고 나서야 계단을 통과할 수 있었다. 미로가 있는 전시장이었다. 미로의 벽에 사진과 그림과 작품이 전시돼 있었다. 미로를 나가자 홀이 있었고 홀에서는 희고 검은 옷을 입은 사람들의 퍼포먼스가 한참이었다. 심연의 무대에서 벌어지고 있는 것 같은 공연이었다. 느리고, 고요하고, 기괴했다. 벽에는 선과 색으로만 구성된 영상이 뿌려지고 있었고, 전자음악에 맞추어 가사 없는 즉흥 노래를 부르는 보컬이 있었고, 그리고 무용수들이 있었다. 무용수들은 한데 얽혔다가, 엉킨 끈처럼 풀렸다가, 떨어진 채로 평행하다가, 고립되어 몰입하는 장면을 반복하고 있었다. 오랫동안 세상에는 없는 동작을 연구해온 사람들 같았다. 절대로 의미를 부여할 수 없는 몸짓들을 개발해온 사람들인 것 같았다. 사회자는 퍼포먼스가 '싸움의 날'을 형상화한 것이라고 말했다. 오늘 행사는 '싸움의 날'에 반대하기 위해서 계획된 것이라고도 했다. 문득 몽유병의 반대말이 무엇일까 궁금해졌다. 어릴 때부터 나는 무언가를 생각하는 동안에는 몸을 움직일 수 없는 병에 걸려 있었다. 의사는 횡단보도를 건널 때는 생각을 해서는 안 된다고 당부했으나 정작 그것이 무슨 병인지는 말해주지 않았다. 생각하지 않는 습관이 생긴 건 그때부터였다. 모두가 다 잠든 고요한 밤에만 생각하는 습관이 생긴 건 그때부터였다.

그러니 어쩔 것인가. 공연을 하려면 생각하지 않는 수밖에.

관객들은 피투성이가 된 나를 탐탁잖게 생각하는 모양이었지만, 나는 오늘 나에게 있었던 일들을, 그녀와의 사이에 있었던 일들을, 말했다. 아까 전, 그녀에게 맞으면서 작곡한 노래를 지금, 즉흥으로 연주하고 있었다. 초록과 노랑 사이에서 나는 검정. 멜론과 망고 사이에서 너는 긍정. 너와 함께라면 검정이어도 괜찮아. 나는 맞기만 하면 되니까. 내가 맞기만 하면, 그녀는 아무와도 싸우지 않고. 내가 맞기만 하면, 내가 맞기만 하면…… 재밌어할 줄 알았는데 사람들은 하나둘 자리를 떴다. 미로에 들어가버리는 사람들도 있었고, 삼삼오오 구석에서 이야기를 나누는 사람들도 있었다. 그래도 어쩌겠는가. 나는 계속하는 수밖에. 혼자서라도 계속하는 수밖에.

너무 배배 꼬아서 어려운 얘기인 줄 알았지. 너무 부드럽고 유연해서 아름다운 얘기인 줄 알았지.

내 노래를 끝까지 들어준 건 사회자였다. 사회자는 열광적으로 박수를 친 다음 무대에 올라오더니 오늘의 모든 행사는 열시 오십분에 끝이라고 말했다. 내 음악에 대해서는 한마디도 하지 않았다. 늦어도 열한시 전까지는 한 명도 빠짐없이 나가주시기 바란다는 말만 반복했다. 사회자의 말이 떨어지기가 무섭게 미로는 일사분란하게 해체되기 시작했다. 나는, 무대에서 내려갈 새도 없이, 왜 열두시에 문을 닫으면 안 되냐고 항의했는데, 사회자는 황당하다는 표정을 지으며 말했다.

　우리도 나가서 싸워야죠!
　싸움의 날에 반대한다면서요?
　그러니까 나가서 싸움의 날 찬성론자들을 처단해야죠!

　하지만 그들 중 입고 있던 대로 거리에 나서는 사람은 없어 보였다. 제일 먼저 의자에서 일어난 아저씨의 점퍼는 양면이었고, 검은색 원피스를 입고 있던 여자의 가방에서는 비옷이 나왔으며, 개중 내 노래를 오래 들은 대머리께서는 노란색 가발을 꺼내어 썼다. 사회자는 노랑인 양 초록인 듯 각도에 따라 색이 달라지는 신기한 점퍼를 입고 나왔는데 다짜고짜 앞을 향해 뛰는 것으로 보아서는 그에게도 오늘 내로 죽여야 할 여친이 있는 모양이었다.
　일찍 나오면 손해라는 그녀의 말은 옳았다. 그녀는 사라지고 난 후에도 옳았다. 거리에 사람들은 더 늘어나 있었으나 바닥에 쓰러진 사람들이 더 많았다. 놀이터는 피투성이들의 탑이 되어가고 있었다. 경찰은 놀이터로 들어오는 사람들을 막기 위해 애쓰고 있었다. 길바닥에 누워 정신을 잃은 척하는 사람이 있었다. 정신을 잃은 사람 밑으로 기어들어가는 사람이 있었다. 나는 허리춤에 묶어두었던 노란색 셔츠를 풀어서 내던져버렸다. 검은색은, 사람들 눈에 띄지 않는 데는 검은색

만 한 색이 없었으나, 나는 곧 비행체의 방문을 받게 될 운명
이었다. 나를, 물끄러미 바라보기만 하는, 붕어의, 눈.

　재한텐 똑같아.

　언제나 옳은 그녀가 머릿속에서 말했다. 공연은 끝났고, '싸
움의 날'은 한 시간이 남아 있었다. 나에게는 이제 기타가 필
요 없었고, 녀석에게는 색깔 따위 의미 없다지. 싸우는 사람은
다 똑같이 모범시민이라지. 나는 천천히 기타를 꺼내어 자세
를 잡았다. 기타를, 마치 총검처럼 휘두르며, 싸우는 양, 싸우
지 않는 듯, 세상에는 없는 동작을 연구하기 시작했다. 초보의
연구는 아직 타락하지 않아서, 초보일수록 타락하기가 쉬워
서, 나는 주변 사람들을 헷갈리게 만드는 데 성공했다. 싸우는
사람인지, 싸우지 않는 사람인지, 노랑과 싸우고 있는지 초록
과 싸우고 있는지, 둘 다와 싸우고 있다면 왜 그런 멍청한 짓
을 하는지, 오랫동안 궁금해하는 사람은 없었다. 사람들은 딱
몇 초간만 그 자리에서 서 있다가 다른 적을 향해 달려갔다.
채 몇 초 서 있지도 못하고 다른 적의 공격을 받았다. 싸우자
고 달려오는 사람에게는 살벌하게 한번 휘둘러주는 거지. 너
는 계속 싸웠고, 나는 두 시간이나 쉬었고, 이건 졸라 단단한
일렉트릭 기타고, 네 두개골을 쪼개놓기 전에는 무기가 아니
니까, 나는 싸우지만 않으면 되니까, 무사히 집에 처박힐 수만

있으면 되니까,

왜 자꾸 따라와 이 새끼야.

나는 박자와 박자의 중간에, 박자가 존재하지 않는 타이밍에 기타를 하늘로 한 번씩 휘두르며 소리 질렀다. 붕어는, 몇 번이나 정통으로 내 기타에 얻어맞았지만, 나에게서 떠나지도, 나를 잡아먹지도 못하고 있었다. 녀석에게도 생각을 할 때는 움직이지 못하는 병이 생긴 모양이었다. 잠깐 시계를 보아하니 이제 오 분이 지나 있었다. 오 분이 지났으니 이제,

오십오 분만 버티면 될 거였다.

오십오 분만 더 버티면, 그때가 되면.

불을 끄고
노래하면
안 될까요?

너는······ 이라고 남자가 말했다.

나는······ 이라고 여자가 말했다.

나는······ 너는······ 이라고 말하며 두 사람은 술을 마셨다. 너는······ 나는······ 이라는 말 이외의 다른 말은 하지 않았다.

말과 말 사이로 남자는 손으로 소리를 냈다. 손가락을 퉁기기도 하고, 손뼉을 치기도 하고, 테이블과 의자를 가볍게 두들기기도 했다.

여자는 노래를 불렀다. 가사 없는. 악기를 닮은. 때로는 뱃고동 소리가. 빌딩과 빌딩 사이를 스치는 바람 소리가. 빛 조각을 나누어 가진 풀잎들이 살랑대는 소리가, 높아졌다 낮아지고, 부풀었다가 가늘어지기를 반복하며 그의 소리 속에, 그의 소리와 소리 사이에, 스며들었다.

부디 충만했다가 편안해지기를, 뜨거웠다가 잔잔해지기를.

나는…… 이럴 때마다 당신과 내가 세포 단위로 뒤섞이는 느낌이에요, 라고 여자가 말했다. 연주가 끝나고, 쪽잠처럼 지나간 시간의 뒤에 그녀는, 그렇게 말하기를 좋아했다.

두 사람은 다시 술을 마셨다. 이번에는 침묵 없이 술을 마셨다. 간만의 침묵은 건배 소리로 메워졌다. 여자는 남자가 침묵을 싫어한다고 알고 있었지만 항상 그런 것은 아니었다. 남자에게도 좋아하는 침묵이 있었다. 그녀가 말하기 전, 아직 연주가 끝난 것을 깨닫지 못할 때처럼. 짧지도 길지도 않은 순간.

경험해본 적은 없지만 망막에 남는 잔상이라는 게 그렇지 않을까. 사라졌지만 사라지지 않은. 사라지고 있지만 사라지는 게 아니라, 영원히 새겨지고 있는 것 같은, 그런 시간을 남자는 좋아했다.

당신과 내가 세포 단위로 뒤섞이는 느낌이에요.

남자는, 나는…… 이라고 말하다 말았을 뿐이었다. 여자의 말을 통해 여자를 보았을 뿐이었다. 여자가 나는요, 라고 말하면, 그러니까 ㄴ, ㅏ, ㄴ, ㅡ, ㄴ, ㅇ, ㅛ, 라고 말하면, 해파리처럼 횡격막이 출렁, 올려 보낸 소리가 줄기와 풀잎과 한 송이의 꽃으로 그녀의 가슴과 머리에 피어나는 것이 보였다. 꽃이라고 말하면 꽃이 아니라 길쭉한 팽이 하나가 나타났다 사라졌다. 팽이라고 말하면 눈사람이 생겼다 스러졌다.

사람들의 생각과 달리 남자는 보지 못하는 게 아니었다.

그는 단지 소리를 들을 줄 모르는 거였다.
다만 소리를 통해 세상을 보고 있는 거였다.

* * *

음성은 뼈를 타고 퍼진다.

당신의 말랑말랑한 뇌를 받치고 있는 머리뼈 바닥과, 당신의 코와 입을 가로지르는 위턱뼈를 타고, 당신의 머리 전체를 울려, 마침내 당신의 몸을 떠나지. 입으로 나가는 게 아니야. 사방으로 퍼지는 거지. 공기 중에 스미는 거지.

고음을 내면 벌집뼈와 광대뼈의 공동을 흔들며 비행접시처럼 이륙하는 소리를 볼 수 있어. 횡격막은 부풀어 오르고. 당신이 저음을 내면, 완벽한 방추형의 갈비뼈들이 도드라지지.

뭐라고 표현할 길 없는 곡선의 등뼈와, 편안하면서도 아슬아슬하게 솟아오르는 골반의 두 귀까지.

그리고.

골반 사이로 깊숙이 관통하는, 가슴 한복판에서 시작해 배꼽 뒤에서 둘로 나누어지는 당신의 팽팽한 대동맥에서, 조금씩, 하나씩, 번지고, 갈라지고, 휘었다 뻗고 굽어졌다 얽히는, 아스라하게 섬세해지는 그녀 온몸의 혈관들이, 소리를 통해 남자의 마음에 스며들어왔다.

하나도 빠짐없이 남자의 기억이 되었다.

* * *

이제 끝낼까요?
어째서지?
잡히지가 않아요. 잡을 수가 없어요.
잡는 게 아니라니까. 그냥 있는 거라니까.
분리할 수 없어요. 그런 건 분리되는 게 아니에요.

* * *

시각을 잃은 건 아주 어릴 때였다. 어른들은 본 적이 있다고 했지만. 분명히 보았다고 했지만. 그에게 시각이란 전설 속의 낙원 같은 거였다.

능력은 어느 날 갑자기 왔다. 그가 비로소 보이지 않는 것에 대한 깊은 슬픔에 빠졌을 때. 신에게 애원했다가, 신의 존재를 의심했다가, 신을 열렬히 믿었다가, 보이지 않는 눈으로 보이지 않는 신과 열렬히 눈싸움을 했다가 마침내, 신은 장님에 귀머거리에 벙어리라고 결론 내렸을 즈음에. 신이 너무 가여워서 혀를 쯧, 쯧 찼던 어느 비 그친 깊은 밤에.

아이가 쯧, 쯧 하자 천장이 츳, 츳, 이라고 따라 했다.

속도가 너무 빨라서 거울이 따라 하는 것 같았다.

아이는 혀를 더 세게 차서, 똑, 딱, 소리를 내보았다.

거의 동시에.

벽이 혀를 찼다. 톡, 탁.

책상이 혀를 찼다. 독, 닥.

침대가 혀를 찼다. 도, 다.

유리창이 혀를 찼다. 토, 타.

옷장이 혀를 찼다. 뜨, 뜨.

시간이 무한대로 느려진 것처럼.

똑똑토독도ㄸㄷ······ 딱탁타닥다ㄸㄷ······ 하는 소리가 들렸다.

아이는 오랜만에 방을 나왔다. 부엌에 나가 물을 한잔 마셨다. 물을 마시고 혀를 차자 또옥, 따악, 소리가 났다.

거의 동시에.

찬장에서 벌의 날갯짓 소리가 들렸다.
건조대의 접시들이 까르르 웃음을 터뜨렸다.
거실로 나오자 더 많은 친구들이 아이를 기다렸다.
베란다 유리창에서는 은빛 비늘의 물고기가 자맥질했고, 닫혀 있던 방문에서는 아기 곰 한 마리가 걸어 나왔고, 업라이트 피아노의 덮개에서는 작은 새들이 일제히 날아올랐다.
혼자 있을 때마다 물을 마시고 또옥, 따악, 소리를 냈다. 일주일이 지나자 집 안의 모든 것들이 아이에게 인사를 했다. 한 달이 지나자 세상의 모든 것들이.

그쯤에서 끝났다면 좋았을 텐데.

그랬다면 아이는 외롭지 않았을 텐데.

사물의 생김새를 알아보게 되고, 남들은 보지 못하는 곳까지 들여다보게 되었을 즈음, 음을 듣는 아이의 능력은 거의 다 소실되어 있었다.

사람들의 말소리가 아이에게는 부피로 다가왔다.
음악과 음악이 아닌 것의 경계가 사라졌다.
세상의 모든 소리가 보였다. 보이기만 했다.

아이는 더 이상 피아노를 칠 수 없었다. 아이는 그때부터 드럼을 치기 시작했다.

* * *

사장은 그녀에게 관심이 없는 듯 보였다. 관심이 있으면 건배를 청하며 말을 걸어야 한다. △△씨 노래 잘 들었어요. ○○씨 요즘 많이 바쁘세요? 그 말이 떨어지면 요일을 정해서 노래를 불러달라는 얘기였다.
잼 데이였다. 신인들과 기성 뮤지션이 만나 즉흥연주를 하는 날. E클럽은, 남자에게는 이를테면 소리의 극장 같은 곳이었는데, 오랜만에 들렀다가 한 번도 보지 못한 소리를 보았다. 소리라는 게 다 거기서 거기지만, 특히 보컬은 잘 부르면 잘 부를수록 비슷했지만. 남자는 그날 술자리에 오래 앉아 있었다.

한 번 더 여자의 목소리를 보고 싶어서.

휴일 전날이라 손님이 많았다. 뮤지션들도 테이블을 여러 개 붙여 둘러앉았다. 술자리는 쉬이 깊어지고, 여자는 말이 없어서, 남자는 사람들의 말소리를 통해서만 여자를 볼 수 있었다. 삭발을 했고, 허름한 셔츠를 입었고, 알이 두꺼운 안경, 갸름한 얼굴. 여자가 말을 해야 두개골을 볼 수 있는데, 몸통과 골반의 생김새를 가늠할 수 있는데.

아무도 여자에게 말을 걸지 않았고, 여자는 바짝 마른 식물이 물을 당기듯 맥주를 마셨다. 탁, 탁, 주기적으로 맥주잔 내려놓는 소리만 났다. 갔나 싶으면 다시 탁, 탁, 안 갔나 싶으면 입구를 향해 걸어가는 소리가 났다. 간 게 아니라 화장실에 다녀오는 거였지만. 화장실에 다녀올 때마다 여자의 자리는 달라졌다. 아무도 여자에게 관심 갖지 않았고, 자리가 달라져도 여자의 맥주잔 내려놓는 소리는 한결같았다. 술자리는 쉬이 깊어지고, 사람들의 목소리는 커지고, 섞이고, 간섭하고, 굴절되고, 증폭되어, 여자에게 집중하면 집중할수록 여자가 희미해졌다. 소리가 많아질수록, 소리를 보기 힘들어서. 빛이 많으면 아무것도 볼 수 없는 것과 같아서. 사람들이 한 명씩 한 명씩, 클럽에 있는 것들이 하나씩 둘씩 사라지는 것을 그는 보고 있었다.

그가 가장 무서워하는 시간이었다. 기둥과 벽이 사라지고, 바닥이 사라지고, 중력과 시간마저 증발하여.

그가 아무것도 느낄 수 없게 되었을 때.

그녀가 씨발, 이라고 말했다. 아주 나지막하게 씨발. 온통 꿈속에 잠시 현실의 기억의 스치듯.

아무도 그녀에게 관심 갖지 않았고. 그녀는 노래를 시작했다. 아주 작게, 부채가 일으키는 바람처럼. 너무 작아서 그녀의 모습은 보이지 않았는데, 오직 노래만 희미하게 들렸는데, 멜로디를 바꾼 즉흥이어서, 그 노래가 「No More Blues」임을 그가 겨우 알아챘을 때. 그와 그녀의 노래만이 존재하는 새까만 우주 속에서.

싸우던 한 쌍의 남녀가 말을 멈추었다.

그들이 맥주를 마시는 테이블과, 테이블 옆의 기둥이 나타났다.

뮤지션 몇 명이 말을 멈추자 그들의 얼굴이 보였다.

눈치 빠른 매니저가 음악을 끄자 스피커가 보였고,

스피커 뒤에 나무 벽이 세워졌고,

뒤에 앉아 있던 남자 두 명이 옆 테이블로 자리를 옮겼다.

그 옆 테이블에는 와인을 마시는 두 명의 여자가.

뮤지션 몇 명이 또, 테이블 하나가 다시.

그녀의 목소리가 닿는 곳마다 풍경이 나타나는 것을 남자는 보았다. 하지만 클럽 안의 모든 것들이 선명해져서, 음향판 구석에 떨어진 나무 조각마저 보게 되었을 때에도. 손님들의 요청으로 그녀가 뮤지션들과 함께 무대에 올라 두번째, 세번째 곡을 부르게 되었을 때에도. 그녀의 모습만은 선명해지지 않았다. 마침내 그녀가 남자 뮤지션들에게 둘러싸여 살랑살랑 웃기 시작했을 때.

남자는 일어섰다. 절실하게, 집에 가고 싶다고 생각했다. 지팡이도 짚지 않고 부축도 받지 않은 채, 혼자 출구 쪽으로 걸어, 클럽을 빠져나왔다.

대기하고 있던 기사가 오는 데는 몇 분이 걸리지 않았다. 그녀가 자신을 쫓아왔으리라고는 생각지 않았다. 차 문을 열었을 뿐인데, 누군가가 자신을 밀어 넣듯이 따라 탔다. 그녀는 울고 있었고, 무슨 생각을 했는지, 기사는 차에서 내려버렸다. 그녀는 울면서 다짜고짜 열아홉 살 때였다고 말했다. 잠이 안 오면 새벽에 학교 안을 산책하며 노래를 부르는 버릇이 있었다고 말했다. 남자애 세 명이었다고. 키득거렸다고. 술 냄새가 났다고. 그중 한 명이 그녀의 머리채를 잡아챘다고. 개새끼들, 학교였는데, 내가 가고 싶은 학교였는데, 지금도 그 앞을 지나갈 때마다. 그녀는 한동안 숨을 몰아쉬다가 말했다. 그래, 이제는 괜찮아, 괜찮아요. 이제는 다 극복했이.

그러니까 나랑 한잔 더 해요. 저 새끼들은 필요 없어. 보컬 얼굴만 보는 것들. 재즈는 숨처럼 섬세한 거야. 저것들의 숨소리는 필요 없어.

남자는 여자의 몸을 밀쳐내며 버럭 소리를 질렀다.

그래서, 그 얘기를 왜 나한테 하는데! 대체 왜!

* * *

지팡이도 부축도 없이 걸은 건 처음이었다.
남자는 평생 동안 자신의 능력을 남에게 알리지 않았다.
그랬다간 외로움마저 잃게 되리란 걸 잘 알고 있었다.

* * *

집에 있을 때 남자는 캐스터네츠를 쳤다. 캐스터네츠를 치지 않으면 음악을 듣거나 티브이를 틀어놓았다. 아내는 남자보다, 남자의 소리들을 더 싫어했던 것 같다.

처음에는 밖에 있었으면서도 안에 있는 척했다. 나중에는 바로 옆에 있으면서도 집 안에 없는 척했다.

정확히 십 년을 채운 뒤 아내는, 그가 가진 재산의 절반을 위자료로 챙겨 갔다.

이제 남자는 혼자 있을 때 캐스터네츠를 치지 않았다. 음악을 듣지도, 티브이를 켜지도 않았다.

그냥 침묵 속에 잠겨 있었다.

어둠 속에 가라앉아 있었다.

* * *

어느 날 여자는 남자의 집에 개를 데리고 왔다. 그가 연주를 하는 동안 은근슬쩍 개를 놓고 갔다.

전화를 해서 데리고 가라고 했더니 선물이라고 했다.

왜 나한테 개를 주니?

노 페이로 연주해주셨잖아요.

혹시 안내견이라고 데리고 온 거니?

시추가요?

그럼 나더러 쟤를 돌보라는 말이니?

여자는 아침마다 와서 라에게 밥을 주었다. 일주일에 한 번씩은 목욕을 시키고, 털을 빗기고, 데리고 나가 산책을 시켰다. 여자가 오지 않으면 남자가 라를 산책시켰다. 여자는 몰랐겠지만. 아무도 몰랐겠지만. 라는 남자에게 훌륭한 안내견이었다. 세상에서 유일하게, 남자가 소리를 본다는 걸 아는 존재. 라는 평소에는 남자를 따라다니다가도, 주위가 조용해지면 앞으로 나서서 소리를 냈다. 라의 소리는 솔직했다. 라의 소리는 라가 말하려는 바와 언제나 일치했다. 사람들의 말은 그렇지 않았다. 단어의 모양은 단어의 뜻과 동떨어져 있었다. 사람들이 사과, 라고 말하면, 남자는 장미 가시처럼 생긴 윗뿔을 보았다. 사람들이 남자, 라고 말하면 폭이 넓은 치마의 형상이 그려졌고, 사람들이 사랑, 이라고 말하면 보통은 뒤집힌 하트 모양이었다. 어떤 하트는 찌그러져 있기도 했고, 어떤 하트는 철퇴처럼 우락부락하기도 했다. 남자는 여자에게서 온전한 하트의 모양을 처음으로 보았다. 여자가 나비, 라고 말하면 정말 나비가 펼쳐졌다. 모든 단어가 그런 것은 아니었지만, 남들과는 다른 모양의 단어를 말하는 여자였다. 말할 때마다 단어의 모양이 달라지는 여자이기도 했지. 여자가 마음이라고 말하면…… 혹은 여자가 당신이라고 말하면……

당신은 어떤 사람인가요?
나는 사람들이 모르는 사람이지.
당신이 음악을 하지 않았어도 나는 당신을 사랑했을까? 그 생각만 하면 무서워요.
네가 그런 목소리를 가지지 않았다면……

남자는 깜짝 놀라 말을 멈추었다. 여자는 한참 동안 남자를 쳐다보았으나, 잘려 나간 뒷말이 무엇인지는 묻지 않았다.

다음 날부터 여자는 안경을 벗고서 그에게 왔다. 타이트한 차림으로 그에게 온 적도 있었다. 여자는 매번 처음 보는 여자 같았다. 여자가 평소에 혐오한다고 말하는, 그런 스타일의 여자일 때도 있었다. 남자는 그중 몇 명의 여자와 섹스를 했다. 여자는 남자가 같이 잔 여자만을 다시 데리고 왔다. 남자가 더 이상 자지 않으면, 다음번에는 다시 새로운 여자로 변신했다.

그의 집에 오지 않는 날, 남자는 여자가 다른 곳에서 변신했을까 봐 걱정했다. 하지만 무엇을 하는지 묻지 않았다. 묻지만 않으면 된다고 생각했다. 그런 날이면 그는 캐스터네츠를 치거나 음악을 듣지 않았다. 그녀의 개가 무엇을 하는지 알고 싶지 않았다. 하지만 그가 소리를 내지 않으면 그녀의 개가 소리를 냈으므로, 그는 고요히 잠겨 있을 수 없었다. 요란한 수면 위에 부표처럼 떠 있어야 했다.

* * *

세상에서 유일하게 남자가 볼 수 없는 건 색깔이었다. 맘에 들지 않는 일이 생길 때마다 남자는 색깔의 꿈을 꾸었다.

색깔은 천적이 없는 섬에 느닷없이 나타난 맹수 같았다. 그의 감각들은 밤새 색깔에 쫓겼다. 냄새와 감촉이 사라지고, 공간과 중력이 증발하고, 마침내 그는 청각마저 빼앗겼다. 색깔만이 남은 섬에서 색깔은 색깔을 잡아먹었다. 유일하게 살아남는 색깔은 언제나 검은색이었다. 남자는 언제나 마지막 살아남은 색깔로 잠에서 깨어났다. 잠에서 깨면 꿈에서 보았던 색깔들이 하나도 기억나지 않았다.

그녀를 만난 뒤로, 그는 색깔의 꿈을 더 자주 꾸었다.

* * *

당신의 박자는 너무 견고해.

어느 날 술에 취한 여자가 말했다.

너의 노래는 자주 넘어지는 단거리 선수 같아.

어느새 술에 취해버린 남자가 말했다.

나는 밀고 들어오는 박자가 좋아.
잘 부르려고 하지 말고. 뭘 부르지 않을까를 생각해봐.

나는 당신이랑 부딪치고 싶어.

안 하는 게 텐션이잖아. 비워야 텐션이 생기지.

부대끼고 싶어. 마찰하고 싶어.

결정적인 순간에 물러서야지. 너는 밀당도 모르냐.

쓸려서 상처 나고 싶어. 당신의 음악에 피를 묻힐 거야.

사람들은 내가 장애를 극복하고 훌륭한 뮤지션이 되었다고
말하지만.

당신은 겁쟁이야. 사람들도 당신이 겁쟁이인 거 알아?

극복되는 장애는 없어! 나는 장애에도 불구하고 훌륭한 뮤
지션이 된 거야!

남자는 맥주잔을 탕탕 소리 나게 내려놓으며 말했다. 술에
취했는데도 여자는 입을 다물었다. 술에 취했는데도 남자는
여자를 이기는 방법을 알고 있었다.

극복하지 못했다는 걸 인정해! 그런 건 극복되는 게 아니야!

* * *

오늘은 이쯤에서 그만합시다.

엔지니어의 목소리는 납작했다. 여자는 구부정한 자세로

부스를 나왔다.

그냥 믹싱 가자. 내가 듣기엔 충분해.

그녀는 대답하지 않았다.

네 생각은 어때?

엔지니어가 남자에게 물었다. 남자는, 첫 앨범이잖아, 라고
대답했다. 여자는 참고 참던 말을 내뱉듯 말했다.

드럼이랑 같이 가고 싶어요.
드럼이랑 동시에? 드럼을 다시 가자고?
네.
무슨 소리야? 그런 녹음이 어딨어?

엔지니어가 다시 남자에게 물었다.

네 생각은 어때?
나는……

남자는 뒷말을 잇지 않았다. 여자는 집으로 돌아갔다. 여자

가 없는 술집에서 남자는 엔지니어에게 말했다.

다시 가자.
잘 사귀고 있는 거 아니었어?
다시 갈 수 있잖아.
무슨 문제 있니?

남자는 어떤 문제가 있는지 잘 알고 있다고 생각했지만.

개가 죽었어.

엔지니어는 반응하지 않았다.
남자는 잠시 후에 말했다.

걱정 마. 저 여자는 나를 안 떠나.

엔지니어는 한참 후에야 반응했다.

너는…… 전처랑 헤어지기 전에도 그렇게 말했어.

* * *

처음으로 오르가슴을 느꼈다고 그가 말한 다음 날. 여자는 그에게 처음으로 헤어지자고 말했다.

그 뒤로는 여자가 웃어도, 이해할 수 없는 말을 해도, 말을 하지 않고 뜸을 들여도, 다음 날에는 헤어지자고 할 것 같았다.

* * *

남자는 그녀의 노래를 처음 들었을 때를 생각했다.

주변의 사물들이 분명해질수록, 그녀가 희미해지던 그때.

지금 남자는 항상 그녀와 그녀들 사이에 있었다.

희미한 그녀와 선명한 그녀들 사이에서, 남자는 자주 소리의 형상을 놓쳐버리곤 했다. 그녀와 그녀들 사이에 있으면, 자꾸만 세상의 모든 것들이 사라져버리곤 했다. 마주 볼 수 없는 강한 빛이 사물의 경계를 지우듯. 빛을 본 적은 없지만. 그런 빛이 가능한 거라면.

* * *

중심이 다른 곳에 가 있잖아.

그게 무슨 말이야?

네가 걸그룹이야? 남들에게 어떻게 보일까 말고 네 안을 들여다보라고.

내가 무대에서 한 번이라도 꾸미는 거 봤어? 나는 사람들이 나 말고 내 공연만 보기를 바라.

그것도 결국에는 같은 거야. 사람들이 너를 그렇게 보지 않기를 바라는 거잖아.

그렇게라니. 그랬으면 당신을 안 사귀었지.

무엇이 되는 게 아니야. 무엇인 채로 있는 거지.

나는 그래. 항상 그러고 있었어.

여자는 언제나 그렇다고 말했지만, 자신이 보는 것을 말할 수 없어서 남자는 답답했다. 좋은 소리는 무엇을 전달하지 않았다. 단지 가닿았다. 단지 가닿아서 모든 것들이 편안하게, 원래 있던 그대로 존재하게 했다. 대부분의 소리는 다른 것을 침범하여 의도치 않은 파장을 불러내곤 했다. 특히, 감정과 의도를 가진 인간의 목소리는. 남자는 그렇지 않은 목소리를 딱 한 번 보았다. E클럽에서, 여자가 나지막이 노래를 부르기 시작했던 그때.

지금 여자의 모습은 이안류(離岸流) 같았다. 잔잔한 수면 밑에서 갑자기 용솟음치는 소용돌이. 종종 수영객을 집어삼키는. 그녀의 팬들은 그걸 치명적인 창법이라고 표현하는 모양이었지만.

그녀의 목소리는 계속 사우다지*에서, 사우다지를 발음하는 대목에서 흔들리고 있었다.

그만. 슬픔이 아니라고 했잖아. 사랑이기도, 그리움이기도, 같이 있어도 느끼는 외로움이기도 하다니까. 그게 슬픔이면 트리스테자(tristeza)가 왜 있겠어.
그렇게 생각한 적 없어.
그럼 네 생각은 뭔데?

그녀는 다시 노래를 불렀지만, 서서히 클라이맥스에 도달하고 있었지만,** 그녀의 사우다지는 사랑도, 그리움도, 함께 있어도 씻을 수 없는 외로움도 아니었다. 아무것도 아닌 채, 그 무엇이 아니기만 했다.

달려갔다 되돌아오는 게 아니라니까. 그냥 그 물결 속에 있는 거라니까.

---

* Vai minha tristeza e diz a ela que sem ela não pode ser, diz-lhe numa prece Que ela regresse, porque eu não posso mais sofrer Chega de saudade(가라, 나의 슬픔, 그녀에게 가서 말해줘, 그녀 없는 삶은 있을 수 없다고. 그녀에게 돌아와달라고 기도 속에서 말해줘, 내가 더 이상 고통받지 않도록. 사우다지는 이제 그만).

** Chega de saudade a realidade É que sem ela não há paz, não há beleza É só tristeza e a melancolia Que não sai de mim, não sai de mim, não sai(사우다지는 이제 그만, 실은 그녀 없이는 평화도, 아름다움도 없어. 그저 나를 떠나지 않는, 떠나지 않는 슬픔과 우울함뿐).

대체 원하는 게 뭔데?

남자는 포르투갈어로 대답했다.

(그만. 오늘은 그만했으면 좋겠어.)

* * *

셋이서 산책을 한 건 처음이었다. 오랜만에 그녀가 되어 돌아온 그녀였다. 머리는 많이 자랐지만, 허름한 셔츠를 입고, 알이 두꺼운 안경, 갸름한 얼굴. 여자는 말이 없었고, 무언가에 골똘해 있었다. 이제 남자는 그 무언가가 불안했다. 그녀속에 비어 있는 파장의 크기가, 그가 모르는 동굴의 깊이가, 무섭다고 느꼈다.

늦은 산책이었다. 비가 그친 지 얼마 안 되어서였다. 모든소리가 예민해져 있었다. 길에서 만나는 모든 것들이 내가 여기 있다고 눈을 부릅뜨고 있던 날. 그녀만 빼고, 그녀만 모호한 채로, 잔바람조차 선명했다.

그녀는 그날따라 자신이 라의 와이어 줄을 잡겠다고 고집했다. 한 손으로 와이어를 잡고, 다른 손으로 그의 손을 잡았다. 다른 때보다 훨씬 더 불편한 일이었다. 사람들의 믿음과달리 사람들은 시각보다 촉각이 더 예민하니까. 촉각의 공간이 시각의 공간보다 더 크니까. 그에게는 청각의 공간이 촉각의 공간보다 더 컸지만. 더구나 이렇게 소리의 몸집이 커진 날에는, 개에게 끌려가는 척하는 건 쉬웠지만, 그녀의 손을 속일 수 없을까 봐 그는 긴장했다. 개는 남자와 산책하던 버릇대로 수많은 소리를 냈고, 개가 이상한 소리를 낼 때마다 여자는 개에게 신경을 쓰느라 앞을 바라보지 않았고, 그 사이로 자전거가, 배달 오토바이가, 비틀거리는 취객이, 술에 취해 뛰어다니는 몇 명의 남자애들이, 반쯤 부서져 모서리에 날이 선 바리게이트가, 갑자기 꺾어져 들어온 자동차가, 엉뚱한 곳에 서 있는 모래함이, 버려진 물건들이, 그들 사이를 지나갔다. 그는 몇 번이나 여자가 손으로 보내는 신호보다 먼저 움직였다. 심지어 여자가, 여기 턱이 있어요, 여기 웅덩이가 있어요, 라고 말하기도 전에 걸음이 달라졌다. 라는 알고 있지만, 라는 알아도 상관없었지만. 남자는 여자가 무언가 낌새를 챌까 봐 전전긍긍했다. 도움이 필요 없다는 사실을 알면 여자가 자신을 떠날까 봐. 남자도 알 만한 뮤지션과 잠을 잔 뒤 다시는 돌아오지 않을까 봐.

　인적이 드문 거리를 길게 돌아, 여자와 남자는 싸구려 술집이 연달아 있는 골목에 접어들었다. 소리가 소리를 사냥하는 정글. 침묵보다 더 새까만 섬. 평소라면 돌아 나왔을 공간에서, 남자는 오히려 편안함을 느꼈다. 이 소음들을 마음속에 가득 담고 여자와 집까지 갈 수 있었으면 좋겠다고 생각했다. 그런데 누군가 남자를 불렀지. 한 번이 아니었지. 뮤지션들이 많은 동네여서, 오랜 열대야 끝에 처음으로 비가 온 날이어서. 술집들이 하나같이 골목을 향해 열려 있어서. 수많은 이유들을 댈 수 있었지만, 평소에는 그를 부르지 않는 후배들이었다. 그가 시끄러운 곳을 끔찍하게 싫어한다는 것을 잘 아는 후배들이었다. 여자는 오늘은 안 된다고 거절하며 남자의 손을 잡은 손에 힘을 주었다. 그럴 때마다, 여자가 남자에게 주려는 확신이 어떤 종류의 것인지 알고 있었으므로 남자는 여자를 끌고 그중 가장 뮤지션이 많이 모인 술자리에 앉았다. 소리는 사라지고 활자만 남은 공간에서, 더 커다란 활자들을 공중에 흩뿌렸다. 남자는 그곳에서 소주를 두 병이나 마셨다. 아예 그곳에서 그날의 끝장을 볼 생각이었지만, 여자가 그만하고 이제 일어나자고 했다. 남자의 집까지 오는 동안 여자에게는 어디선가 자꾸 연락이 왔고, 남자의 집에 오던 중에 여자는 오늘만 개를 데려가면 안 되겠냐고 했다. 개가 어딘가 아픈 것 같다고, 눈에 눈곱이 많이 낀 것 같으니 오늘 밤만 데리고 있다가 아침 일찍 병원에 가보겠다고 했다. 남자는 여자가 섬세한 시각적 정보를 이유로 삼는 것을 믿지 않았다.

우리 집에 있다 가면 되잖아.

오늘은 집에 좀 가야 해. 너무 오래 안 갔어.

그럼 나도 같이 가서 한잔 더 하자.

오빠가 우리 집에 오겠다고? 한 번도 안 왔었잖아.

그러니까 오늘 가자.

거긴 안 돼. 좁고, 위험한 물건도 많고. 무엇보다도, 무엇보다 시끄러워. 시끄러운 데서 오빠 못 자잖아.

술 마셔서 괜찮아. 잘 잘 수 있어.

그냥 오빠 집으로 가자.

술 마시면 괜찮다니까.

안주는 오빠 좋아하는 홍어회 사자.

여자의 말투가 어느새 아이를 타이르는 그것이 되어 있었다. 순간 드럼 위에서 드럼 스틱이 미끄러지듯, 남자의 말이 그들 사이의 암묵적인 경계를 넘어버렸다.

뭐 숨기는 거라도 있어?

라가 짖었으므로, 여자는 못 보았겠지만, 남자는 주차장 기둥 뒤에 숨어 있는 사내를 일찌감치 보았다. 남자가 모르는 사내였다. 사내도 남자에 대해 몰랐던 게 분명하다. 알았다면 칼을 꺼내 들지 않았겠지. 시각장애인을 찌르는 건 찝찝한 일이니까. 겁을 줄 생각이었을 텐데, 시각장애인을 칼로? 라가 짖지 않았다면, 남자도 몰랐을 거였다. 짖고 있는 라를 팔로 거둬들이지 않았을 거였다. 자신도 모르게, 사내가 걸어오는 방향으로 라를 집어 던지지도 않았겠지.

개를 집어 던지고 나서야 남자는 자신이 이미 보았음을 깨달았다. 사내가 멈칫하는 것을. 아마도 남자가 시각장애인임을 알고 당황했겠지. 시각장애인이 정확한 방향으로 개를 집어 던지자 더 당황했겠지. 사내는 깜짝 놀라 아무렇게나 칼을 휘둘렀고. 아니, 허공에 대고 마구 휘저었고.

남자는 어둠 속에 반짝, 작열하는 라를 보았고.

* * *

여성 팬이 여자에게 예쁘다고 말하면 여자는 수줍게 웃었다.

남성 팬이 여자에게 예쁘다고 말하면 여자는 욕설을 퍼부었다.

뮤지션들은 여자에게 예쁘다고 말하지 않았다. 그놈들은 여자의 음악을 칭송했지. 칭송이 그럴듯하면 여자는 그놈과 잤다. 다음 날이 되면 그놈을 버렸다. 여자는 자신에게 상처받은 놈에게 약했다. 술을 잔뜩 먹고 망가져서 나타나면 그놈과 다시 잤다. 많은 사람들이 그렇다고 알고 있었다.

남자도 그렇다고 알고 있었다.

여자에게는 물어보지도 않은 채.

남자는 여자가······
캐스터네츠를 치고 있다고 생각했다.
아무도 들을 수 없는 캐스터네츠를.
자신만의 캐스터네츠를 치고 있다고.

남자는 자신만의 음악을 하고 있었다. 연주를 할 때마다 그
는 자신이 테트리스 게임을 하고 있다고 생각했다. 빠르게 쏟
아지는 퍼즐을 빈 공간에 꽂아 넣기. 게임에서 이기려면 빈틈
없이 꽂아 넣어서는 안 되었다. 적당히 어긋나야 했다. 일부
러 아슬아슬한 불균형을 만들 때도 있었다. 그에게 음악은 공
간이었다. 작은 공간을 포기해서 큰 공간을 만들어내는 일이
었다.

그가 하는 일은 음악이 아니었다. 음악의 일부조차 아니었
다. 그는 종종 자신이 빛의 의미를 모르는 조도 센서, 음식의
맛을 모르는 전자레인지의 초단파 발생기나 다름없다고 생각
했다.

그런 그에게 사람들은 시를 갖다 바쳤지. 유별나고, 기이한
표현으로 가득 찬 시를. 그에게는 절대로 진부한 표현을 쓸
수 없다는 듯이, 그가 만든 여백을 자신만의 언어로 채우기에
급급했지.

남자가 원한 건 언어가 아니었는데.
볼 수도, 들을 수도 없는 심연이었는데.

뮤지션들에게 둘러싸인 그녀가 살랑살랑 웃고 있었다. 남자는 자신만이, 여자의 머리 뒤에서 팔랑거리는 끈끈이주걱의 모양으로, 그녀가 놈들에게 하고 있는 진짜 말을 알아듣고 있다고 생각했다. 나를 정복하고 싶다고? 내일이면 너도 알게 될 거야. 정복한 사람이 누구인지, 네가 모른다 해도, 나는……

남자는 처음부터 알고 있었다.

자신이 사랑한 건 여자의 캐스터네츠였다는 것을.
자신만이 들을 수 있는 캐스터네츠를.
여자에게서 찾고 있었다는 것을.

여자에게 그렇다고 말하지 않았을 뿐.

* * *

당신이 나의 라를 죽였네.

우리의 라야.

그래서 던졌니? 그래서 던졌어?

여자는 남자의 멱살을 잡으려다 말았다.

벤치에 털썩 앉더니 담배를 피우려다 말았다.

칼을 휘두른 건 내가 아닌데, 그놈을 불러들인 건 내가 아닌데, 라고 남자는 말할 수 없었다. 그녀가 라, 라고 말했을 때, 라, 라고 말할 때마다……

알고 있었니?

남자는 벤치의 가장자리에 앉으며 물었다.

여자는 담배에 불을 붙이고 나서 대답했다.

알고 있었지.

그렇구나.

당신이 장애가 있어서 접근했다는 생각은 하지 마. 나는 첫 날부터 당신이 소리로 본다는 사실을 알았어. 술집에서 성큼 성큼 걸어 나간 날. 그래서 쫓아갔지. 당신이라면 나를……

여자는 뒷말 대신 담배 연기를 내뱉었다.

혹시 다른 사람한테도 말했니?

여자는 피식 웃더니 질문을 되돌렸다.

너는 지금 그게 중요하니? 나한테 알고 싶은 게 그거야?

……

나는 너랑만 잤어. 내가 왜 이 얘기를 해야 하는지 모르겠
지만.

……

너는 그 새끼들 말을 믿었어? 나한테 물어보지도 않고?

……

그 새끼들이 나한테 어떻게 했는지 알기나 해?

……

너는 그 새끼들을 용서하려는 것 같더라. 아니, 설마, 나를
용서했던 거니?

……

근데 네가 뭔데 용서를 해? 용서한다면 내가 해야지? 그
새끼들뿐만 아니라 너까지.

여자는 담배 한 대를 다 피우고서야 말을 이었다.

나는 너에게 네가 상상하는 모든 것을 채워주려고 했는데,

상상의 세계 속에서조차 같이 있고 싶었는데, 근데 너는 어느 순간부터인가 그런 내가 여러 개라고 하더군.

......

혹시 한 번도 생각 안 해봤니?

뭘? 하고 남자는 처음으로 반문했다.

여자는 침묵을 깬 남자의 가슴에 마침내 비수를 박아 넣었다.

나처럼, 너의 전처도 네가 소리로 본다는 걸 알고 있었을 거란 생각?

* * *

불을 끄고 노래하면 안 될까요?

보컬 부스 안에서 여자가 말했다.

녹음이 시작된 지 다섯 시간 만이었다.

좋은 생각이야.

엔지니어가 처음으로 긍정적인 반응을 보였다.

녹음이 끝난 뒤에도 불을 켜지 말아주세요.
네가 먼저 켜라고 할 때까지 켜지 않을게.

여자가 숨을 크게 두 번 몰아쉬었다.
잠시 후 엔지니어가 남자에게 스타트 링을 주었다.
남자는 두번째 스타트 링을 듣고서야 드럼을 치기 시작했다.
드럼을 한참 치고 나서야 여자가 투명해지고 있는 것을 알았다.
엔지니어는 못 보았겠지만 그는.

시간이, 무한대로, 느려진, 것처럼.

그녀가 투명해지는 것을, 그녀의 노래 속으로 사라지는 것을 보았다.
남자는 드럼 위에 드럼 스틱을 내려놓았다.
드럼이 끝났는데도 여자는 노래를 계속했다.
엔지니어도 여자의 노래를 중단시키지 않았다.
남자는 헤드폰을 통해 아무도 없는 보컬 부스 속으로 빨려들어갔다.

잠시지만 그에게서 소리를 보는 능력이 사라졌다.

잠시지만 그는 여자의 노래를 들을 수 있었다.

눈앞에 선명하게 번지는 색깔들의 순간을 볼 수 있었다.

떡볶이 초끈이론

안녕? 나는 떡볶이라고 해.

어쩌다 보니 네 몸속에 들어온 지 이십오 년이나 됐네.

그래, 지난 이십오 년 동안 나는 너였지. 떡볶이로 산 기간은 정말 얼마 되지 않아. 공장에서 만들어져서 트럭을 타고…… 냉장고에 며칠 있다가 너에게 먹혔으니까 길어야 일주일?

아니구나. 그때만 해도 그냥 떡이었구나. '부루스타' 위에 올랐을 때만 해도 나는 물에 빠진 채로 양념을 뒤집어쓴 흰 떡이었지. 언제 떡볶이가 된 건지도 잘 모르겠어. 즉석 떡볶이집이었거든. 한 삼십 분은 떡볶이였을까? 어쩌면 사십 분? 그래도 나는 꽤 오랫동안 떡볶이였던 셈이지. 대부분은 십

분, 십오 분 만에 더 이상 떡볶이가 아니게 되곤 했으니까.

대학에서 맞은 첫 여름방학, 너는 여자애를 만나고 있었어.

여자 친구가 될지 안 될지 모르는 여자애였지. '썸 탄다' 같은 말은 없던 시절이고, 뭔가 물결을 타고는 있었는데, 이를테면 서핑 초보가 보드 위에서 언제 일어서야 할지, 과연 일어설 수는 있을지 자신이 있다가도 없어지는 시기였지.

여름방학을 맞아 집 앞으로 놀러 온 여자애를 너는 떡볶이집에 데려갔어. 네가 사는 아파트 상가에 있는.

잘 보이고 싶었을 텐데, 왜 고작 떡볶이집이었을까?

그냥 떡볶이집이 아니었으니까. 그 유명한 '비빠이집'이었으니까.

A동에 사는 애들도 그 떡볶이집만은 무시하지 않았어. 뭘 좀 아는 애들은 다 비빠이로 갔지. 전학 온 지 얼마 안 됐을 때였지. 처음 그곳에 갔을 때의 감동을 너는 잊지 못해. 여기저기 술을 마시는 것도 진풍경이었지만 주문하는 것부터가 달랐어. 네 친구들은 능숙한 말투로 '쫄라'를 시켰지. 국물이 끓어오르면 '야끼'를 달라 했고, 어떤 날에는,

오랜만에 해떡?

아니, 치떡!

치떡에 모뒤 추가!

같은 대화도 했지. 비빠이는 B동 뽀빠이집의 줄임말이었어. 비빠이의 '쫄라'는 A동 미미네 분식의 '떡볶이 기본에 쫄면 라면 사리 추가'와는 분명 다른 메뉴였어. '야끼'랑 '튀김만 두'가 어떻게 같아. '모둠튀김'과 '모튀'는 전혀 다른 음식이 었지. 아, 그리고, 흔하디흔한 사이다나 콜라가 아닌 비빠이 집의 대표 음료수,

쿨피스.

'쿨'한 곳이었어. '힙'한 곳이었지. 인터넷 줄임말이 세상을 점령했을 때에도, 후배들이 소주에 쿨피스를 타먹기 시작했 을 때에도, 너는 놀라지 않았어. 너에게는 비빠이집의 기억이 있었으니까.

어쩌면 너는 확인하고 싶었던 건지도 몰라. 여자애가 너와 맞는 사람인지, 그러니까 B급 감성의 '힙'함을 이해할 수 있 는 사람인지. 그녀와 함께할 미래를 그려보고 싶었는지 몰라.

그날, 너의 몸에서 전해지던 파동의 첫맛을 잊을 수 없네.

그녀의 몸에서 전해지던 파동과, 너의 파동과 그녀의 파동 이 만나 자아내던 특유의 무늬들도 선명하게 떠올라. 내가 처 음으로 보는 아름다운 무늬였지. 나선형처럼 꼬이다가 중심 을 형성하더니 마침내 방사형으로 퍼지기 시작하는데, 꽃 같 더라. 민들레나 복수초 같은, 꽃잎이 많은 꽃.

갑자기 달라진 풍경에 참 눈물 나더라. 방금 전까지만 해도 냉장고, 아니 어쩌면 냉동고 속에 들어 있었으니까. 아직 내가 누군지, 어디에 있는지도 몰랐어. 불행하다는 생각조차 없었지. 스테이크건 새우건, 설사 천하의 캐비어라 해도 마찬가지야. 천편일률적인 소음과 진동이 지배하는 곳. 아무리 다른 몸을 갖고 있어도 그 안에 있다 보면 모두가 똑같은 파장을 내고, 똑같은 파장을 듣게 되지. 그건 비명도 하소연도 신음도 아니야. 딸꾹질 같은 거야. 부러지고, 부딪치고, 부스러지는 파장들이 하루 종일 계속되는 거야. 냉각기가 꺼져도, 켜져도, 그 파장들은 더 분주해질 뿐, 결코 멈추지 않아.

냉장고의 문이 열리는 순간이 유일한 구원이었지.

잠시지만 우리는 직선이 아닌 곡선을 느낄 수 있었어. 톱날처럼 자잘하고 날카로운 궤적들이 서로를 튕겨내는 파장이 아니라, 완만한 선과 굴곡진 선이 서로 어울리고, 원과 원이 만나 서로를 부풀리는 소리들. 우리는 냉장고 바깥으로 나가고 싶은 마음까지 똑같았어. 그 마음은 그 마음대로 또 다른 부리들을 만들어냈고, 우리는 다시 그 부리들이 얽히고 갈리는 파장들 때문에 고통받았지.

그러다가 너와, 너의 그녀를 만나게 된 거야.

단지 부드러움을 만나고 싶었을 뿐인데, 아름다움을 목격하게 된 거지.

야채만 남은 떡볶이를 뒤적거리며, 그녀가 너에게 했던 말을 기억하니?

　신당동 떡볶이보다 맛있어.
　신당동 떡볶이 좋아해?
　아니, 솔직히 왜 가는지 모르겠어.

　꽃잎들이 하나씩 둘씩 폭죽이 되더라. 회색빛으로 점철되어 있던 너의 과거를 화려하게 수놓더라. 그리고 마침내 그녀가 나비의 날갯짓 같은 음성으로 말했을 때,

　근데 넌 누구 좋아해? 맘에 드는 여자애 없어?

　너의 가슴속에서 두 두두두두 두두두, 한 무리의 폭죽 꽃이 터졌지. 분명 너는 당황했는데, 어떤 위기감을 느끼고 있었는데, 머리와 달리 너의 몸은 그녀의 신호에 정확히 호응하는 반응을 보이고 있었던 거야. 내가 너보다 빨리 알았지. 너를 만난 지 한 시간도 안 돼서, 너희의 미래가 어떻게 전개될지, 악보를 읽듯이 다 보아버렸지.
　떡볶이 주제에 어떻게 아느냐고?
　나는 파장을 듣는 떡볶이거든.
　듣는다는 건 여러 가지 뜻이야. 볼 수도, 느낄 수도, 파장에 맞춰 춤출 수도 있지. 모든 존재는 다른 파장을 갖고 있어.

떡볶이에는 떡볶이의 파장이 있고, 인간에게는 인간의 파장이 있는 거야. 먹는다는 건 상대의 파장을 나의 것으로 바꾸는 과정이지. 하지만 먹힌다고 해서 고유의 파장이 완전히 없어지지는 않아. 인간이 떡볶이를 많이 먹으면? 떡볶이 인간이 아니라 인간 떡볶이가 될지도 몰라. 술에 떡이 되면 술떡이 되고, 설명을 많이 하면 설명충이 되는 것처럼. 미안, 나는 떡볶이 설명충이라고 해. 이왕 이렇게 된 거, 본분에 충실하지 않을 수가 없네. 이를테면 그녀의 대사.

신당동 떡볶이보다 맛있어.

너는 이 말에 왜 그토록 감격했을까? 네가 칭찬받은 것도 아닌데 어째서 가슴속이 간질간질해지는 감각을 느꼈을까? 모든 것은 갑자기, 우연처럼 정해지는 거야. 동창이 버릇처럼 내뱉은 '쫄라'라는 말이 네 미학적 취향을 형성했듯이, 그녀가 무심코 던진 그 한마디가 너와 그녀의 첫번째 코드를 결정해버렸어. 말하자면 쿵짝이 맞은 거지.

신당동이 어떤 곳이야. 강남에서 다리 하나만 건너면 있는 곳이지. 왜 그곳에 강남 애들이 몰렸냐고? 강남에는 그런 곳이 없었으니까. 무엇보다, 주차가 가능했으니까.

그녀도 친구가 안다는 강남 오빠의 차를 타고 그곳에 갔지. '잘나가는' 곳이라는데 어쩐지 재미가 하나도 없었다네. 발이 넓은 강남 오빠 덕택에 네 명으로 시작한 술자리는 어느새 열 명으로 불어나 있었고, 그녀는 그곳에서 자신의 존재가 점차 지워지는 느낌을 받았다네. 대체 떡볶이집이 뭐라고. 떡볶이에 금이 들어간 것도 아니고, 똑같이 소주에 맥주를 파는데, 왜 그런 소외감을 느껴야 했던 것인지.

무슨 특별한 사건이 있던 것도 아니야. 실수한 사람도, 잘못한 사람도 없었으니까. 그녀를 무시했다고? 천만에. 사람들은 그녀에게 깍듯했어. 오히려 그녀의 친구에게는 반말을 섞어가며 예의 없는 말도 대충 던지고 그랬지. 그녀는 친구에게 물어보지 않을 수 없었어. 원래 알던 사람이야? 친구는 '쿨'하게 대답했어.

아니? 오늘 처음 만났는데?

하지만 그녀가 다시 물었을 때, 친구의 대답은 더 이상 쿨하지 않았지.

너 정말 왜 그래? 그냥 편하게 놀아.

그녀도 노력했지. 처음 만난 사람한테 언니 오빠를 할 수는 없었지만, 대화를 이어가보려고는 했는데, 매번 타이밍이 어긋나거나, 리듬이 조금씩 안 맞았어. 하필 그녀가 질문을 할 때 상대방 고개가 반 박자쯤 빨리 다른 데로 돌아가거나, 누군가에게 답했을 때도 아주 짧은, 짧지만 결코 짧게 느껴지지 않는 정적이 흐르는 식이었지. 그날 그녀가 제일 많이 들은 말은 이거였어.

아, 그러시구나.

밤을 새다시피, 뭘 잘못한 걸까 생각해보았지. 자신도 모르게 예의에 어긋나는 말을 했나? 미묘하게 불쾌감을 주는 행동을 한 걸까? 아니면 옷차림? 니코보코 가방 때문에? 나름 알아주는 브랜드지만 앞코가 다 까진 구두를 신고 있어서?

아, 그러시구나.

그 말이 죽도록 잊히지 않았어. 악의를 갖고 한 말은 아니었고, 오히려 예의를 갖춰 한 말 같았는데, 그게 더 화가 났어. 아무리 생각해도 화낼 만한 말이 아니다 보니 자기 자신에게 화가 났어. 너 왜 그래? 정말 어떻게 된 거 아니야?

응, 아니야. 그냥 파장이 안 맞아서였을 뿐이야. 그녀에게 흡수된 신당동 떡볶이한테 직접 들었으니까 믿어도 좋아. 그들의 파장에서는 어떤 톱니바퀴 같은 것들이 느껴졌대. 같이 소용돌이치는 크고 작은 원들이었다고도 말하더군. 화려한 빛에 싸여 있지만 암녹색의 어두운 무늬들이었대. 반면 그녀의 파장은 물수제비 같지. 먹는 수제비 말고, 왜 작은 조약돌을 물 위에 던졌을 때 띄엄띄엄 생겨나는 동심원들 말이야.

그녀가 그 뒤에 만난 사람들도 톱니바퀴 유형이었지.

그녀는 그들과 십여 년을 같이 일했어. 압구정의 패션 회사에서였지.

자신이 물수제비인 줄도 모르고 그들 사이에 섞이려고 무던히 애썼어.

마침내 자신이 그곳에 맞지 않는다는 걸 깨달았을 때에도 오판했지. 자신을 스테이크 하우스의 파스타 같은 존재라고 생각했어. 사이드 메뉴는 아니지만 대표 메뉴일 수도 없지. 아무리 애써도 밀가루는 밀가루일 뿐, 바비큐 폭립이 되거나 비프스테이크가 될 수는 없는 거라고 생각했어. 차라리 감자나 아스파라거스라면 같은 접시에나 오를 수 있지. 샐러드 수프면 세트 구성이라도 할 수 있지.

반면, 너는 힙한 떡볶이로 승승장구하고 있었어.

광고 회사에 들어간 지 삼 년밖에 되지 않았지만 너의 B급 감성은 당시의 트렌드를 저격하기 위해 길러진 것 같았지. 당연히 아직 핵심 레시피는 너의 몫이 아니었지만 네 아이디어가 빠질 수 없는 양념이나 향신료처럼 존재했달까. 소금이나 후추 같은 거 말고.

양꼬치를 찍어 먹는 쯔란이랄까.

토르티야 안에 들어 있는 살사소스랄까.

그러는 사이 너희들의 파장은 달라졌어. 어긋났다는 말이 정확할까, 아니면 처음부터 달랐다고 해야 하나. "우리는 안 맞는 사람이야." 어느 날 그녀가 말했고, 구 년이나 사귀었는데 이제 와서 안 맞는다니 너는 이해할 방법이 없었고.

그녀가 자신의 실패를 못 견딘다고 생각했어. 믿기 어려운 일이었지만, 너의 성공을 질투하는지도 모른다고 생각했지.

하지만 아까도 말했듯 두 사람의 파장이 달랐을 뿐이야.

그녀가 물수제비 같은 사람이라면, 너는 달팽이 같은 사람이지. 안으로 기어 들어가는 달팽이 말고, 밖으로 뻗어나가는 달팽이. 너는 천천히 커져가는 사람이고, 그녀는 어느 순간 건너뛰는 사람이었을 뿐이야.

너희들은 다시 만나게 돼 있었어. 8분의 6박자와 4분의 3박자 같은 거지.

1   2   3   4   5   6   1
1   2   3   1

어긋나는 것 같지만 서서히 합쳐지는. 두 가지 박자의 바운스는 난해하지만 격동적이야. 빵, 하고 킥이 맞아떨어질 때의 카타르시스는 평범한 박자에서는 결코 누릴 수 없는 선물이지. 곧 다가올 합과 합 사이의 몽환적이고 현기증 나는 긴장

감은 또 어떻고. 멀어졌다고 생각하지만 사실은 가까워지고 있는 거지. 8분의 5박자와 8분의 7박자를 생각해봐. 1번만 빼고 다 어긋나는 거잖아. 아, 정말 생각하기도 싫다.

4분의 4박이나 8분의 8박이었어봐. 너희는 더 힘들어했을 거잖아. 대부분의 사람들이 가장 안정감을 느끼는 그 박자를 못견뎌하는. 그러게, 좀 평범한 감수성을 갖지그랬어들.

어쨌든 너희들은 6과 반응 없음, 쯤에서 헤어졌지. 내일이면 다시 합쳐질 것을 모르고, 점점 더 사이가 벌어질 거라고만 생각했으니까.

재밌는 것은 그녀와 헤어지고 나서, 네가 신당동에 자주 가게 되었다는 거야.

너의 후배들을 데리고.

고작 떡볶이집이었지만.

많은 사람들이 너에게 알은척을 했지.

후배들 사이에서는 거의 신이었지 뭐.

그건 아무것도 아니야.

네가 그렇게 말하면 모든 후배들이 귀를 쫑긋 세웠다. 너의 무용담을 들으며 연신 감탄과 경탄을 금치 못했지. 누가 어떤 하소연을 하건 무슨 우여곡절을 늘어놓건 네가 씩 웃으며,

됐어, 술이나 마셔.

하면서 잔을 들면 모두들 와하하 웃으며 너에게 건배를 했다. 너는 항상 시니컬한 표정을 짓고 있었지만 그 시간을 행복해 했어. 후배들 얘기를 들어주는 재미에, 하루 종일 일을 하고, 밤새 술을 마시면서도 피곤한 줄 몰랐지.

고마워. 덕분에 나도 잊을 수 없는 행복을 누렸네. 너와 그녀의 첫 만남만큼 아름답지는 않았지만, 무질서하고 삐쭉빼쭉한 선들이, 주름지고 구겨진 면들이, 도무지 공통점을 찾을 수 없는 박자들이, 너를 중심으로 기묘하게 질서 지어지는 과정을 목격했지. 불협화음이 있는 그대로, 틀리는 연주도 튀는 연주도 교정하지 않은 채로, 하나의 오케스트라가 되어가더라. 너는 불가능을 극단까지 밀어붙이는 현대음악의 지휘자 같았어. 클래식하지만 독특했고, 괴짜였지만 포용력이 있었지.

너의 떡볶이집 술자리는 유명했어. 너는 너의 부하 직원뿐 아니라, 제작사의 스태프들, 아직 업계에 진입 못 한 학생들, 심지어 경쟁사의 직원들까지 모두 술자리에 받아들였지. 광고와 상관있기만 하면 그게 누구건.

너만 만나면 후배들은 어딘가에 전화를 해서 말했어.

어, 여기 ○○○ 선배님이랑 있는데, 올래?

그 시절도 길지는 않았어.

어쩌다 보니 너는 삼십대 부장이 돼 있었거든.

주요 활동지가 강북에서 강남으로 바뀌었지.

이상하게도 메뉴는 거기서 거기인 것 같았지만.

왕십리에서 먹던 양곱창을 청담동 '양마니'에서 먹었을 뿐. 노량진 수산시장이 룸이 있는 일식집으로, 홍대의 위스키 바가 압구정의 라운지 바로 바뀌었을 뿐, 식생활에는 변화가 없었어. 가격이 달라졌을 뿐. 스시집은 소주를 만 원씩 받고. 라운지 바 데킬라는 홍대의 세 배에 달했으니까.

너는 상관없었지, 어차피 회사 법인카드로 내는 건데 뭐. 능력이 뛰어난 자가, 회사 돈을 더 많이 쓸 수 있던 것뿐이고.

힘들어진 건 나였지. 바뀐 것도 별로 없는데, 왜 그렇게 힘들었던 것일까. 뭐겠어, 박자 때문이지. 서로 엇갈리는 박자들. 예측할 수 없는 정적 때문이라고 해야 하나. 언젠가 네 첫사랑 몸속의 신당동 떡볶이가 전했던 말들이 나의 일상이 되어 있더라. 하나의 파장을 가진 사람들이었어. 하나의 파장으로 매번 터무니없는 요구를 했지. 알고 보면 폭력적이기 이를 데 없는 요구들.

점잖은 분위기 속에서.

온화하고 예의 바른 화법으로.

뭐 어쩌겠어. 그럴 때마다 너는 무릎에 양손을 짚고 고개를 살짝 숙인 다음 말하곤 했지.

됩니다. 되죠. 다아 됩니다.

그쯤에서 관뒀어야 했는데. 너는 새로운 질서를 꿈꾸었다.
네가 중심이 되어 꾸려나갈 수 있는 보다 효율적인 네트워크.
너는 혼자 독립해서 광고대행사를 차렸어.

결과는? 매일매일 술을 마셨지.

대기업의 슈퍼갑들과 함께.

내로라하는 배우들과 함께.

투자자들, 방송·영화사 관계자들, CF 감독들, PD들, 행사
기획자들은 이해라도 가지. 패션계 인사들, 화장품 대표들, 강
남 건물주들도 그렇다 치고.

일명 '나카마'라 불리는 브로커들, 옥외매체 사장들, 사짜인
거 뻔히 알면서도 봐줘야 하는 삼류 신문사·잡지사 기자들.
의사 결정권도 없으면서 광고주랍시고 꼰대질하는 과장 대리
나부랭이들, 광고의 'ㄱ'도 모르면서 임원이랍시고 미주알고
주알 하는 교수들까지.

다 네가 술값을 냈어.

어디까지나 영업이 아닌 '신규 광고주 개발'을 위해서.

나는? 말하고 싶지도 않지. 냉장고의 시절이 그리워질 지경
이었으니까.

그렇게 다 다른 사람들은 처음 봤어. 누구와도 섞일 수 없

는, 해괴한 파장을 가진 사람들이 한자리에 모여 있는 거야. 물론 독특하고 아름다운 무늬도 있었지. 앉은 지 얼마 안 되어 고유의 문양을 잃고 흐트러지거나, 불규칙하게 끊기거나, 간헐적인 파문의 시간에 돌입하곤 했지만. 그런 무늬는 두 번 이상 나타나지 않았어. 인간이라면, 인간뿐 아니라 물질이라도, 자신의 파장이 방해받는 곳은 피하게 마련이잖아.

그곳에 모이는 사람들은 그런 게 없었어. 어떤 파장이건 가리는 법이 없었어. 누가 나타나건, 자신의 파장을 관철하는 거야. 하긴, 관철했다고 말할 수도 없지. 고유의 무엇이라기보다는, 수많은 파장이 뒤섞인 꼴이었으니까.

이를테면 맥주에 우유를 넣고 고춧가루를 친 것 같은 거야. 머리는 황소인데 몸통은 생선이고 거기에 개구리 다리가 달려 있다고 생각해봐. 재즈와 디스코를 함께 틀어놓고 꽹과리로 장단을 맞추는 격이었지.

그것보다 더 견디기 힘든 것은 네 몸속의 파장이었어. 머리와 가슴과 팔다리에서 각기 다른 신호가 발생하고 있었지. 강남 사거리의 신호등이 고장 나 수십 대의 차들이 충돌한 것과 같았어. 그런 식의 교통사고가 매일매일 일어났지. 그럴 때마다 너는 잔을 높이 들며 모두에게 외치곤 했어.

건빠이! 치어스! 로얄 샬루트!

수많은 룸살롱들. 화합할 수 없는 욕망들. 유흥의 옷을 입은 전쟁과 정치와 눈치작전이 '시마이'하고 나서야 나는 좀 살 것 같았지. 귀와 영혼을 씻는 시간이랄까. 네 몸속에서 튀어나가고 싶은 욕구를 간신히 참은 유일한 이유가 그거였다고 해도 좋아. 아니, 그것뿐이었지. 주변의 모든 주파수가 태풍으로부터 벗어나 평화를 되찾은 해변의 그것처럼 기적적으로 통일되던 순간. 드디어 나는 나와 가장 유사한 파장을 가진 존재들을 만나볼 수 있었으니까.

끝까지 남은 사람들을 위해 공짜로 제공되는 서비스, 바로 라면이었어.

생각해봐. 모든 사람들의 몸에서 나오는 파장이 라면 면발처럼 되는 거야. 악마의 낙서 같은 선들이 죄다 사라지고, 오직 잔잔한 하나의 물결이, 온 방 안에 들어차는 거야. 어떤 사람이건, 설사 악마라고 해도 다른 박자일 수 없을 것 같은, 간헐적인 그 소리와 함께.

후룩, 후루룩.

네가 포근한 리넨 베개를 베고 누웠을 때 같더라. 하늘색 바탕에, 파란색의 섬세한 물결무늬가 그려져 있었어. 네 첫사랑이 너에게 마지막으로 사준 미치코 런던 베개 말이야. 너는 십수 년이 지난 지금도 그 베개를 버리지 않았지. 받아놓고도 한동안은 옷장 속에 그대로 넣어두더라. 해질까 봐 한 번도 쓰지 않다가, 회사를 차렸을 때 처음으로 꺼내어 썼던 걸 기억해. 그 뒤부터는 힘들 때만, 힘들어서 정말 죽고 싶을 때만 그 베개를 찾았지. 무슨 귀소본능처럼, 너는 주기적으로 그 베개의 시절로 돌아가고 있었어. 그녀와 이미 오래전에 헤어졌다는 의식도 없이, 혹은 아직도 그녀를 사랑하고 있다는 의식도 없이. 그 베개만 있으면 너는, 어떤 밤에도 평화롭게 잠들 수 있다는 걸 알았지.

왜일까, 그녀는 그 베개를 주며 너와의 이별을 선언했는데. 집으로 돌아오는 길에 너는 그 베개를 버리려고 몇 번이나 시도했지만, 실제로 어떤 아파트 화단에 그냥 던져버리기도 했지만 결국 다시 찾아서 집으로 가지고 들어왔지. 왜였을까?

이왕 산 거니까 네가 그냥 가져가.

그게 그녀의 마지막 대사였는데.
마치 그 말은, 너의 흔적을 모두 지우고 싶다는 뜻으로 들렸는데.
너는 모를 거야. 너에게 주기 전에, 그녀가 그 베개를 며칠간 품고 잤던 것을.
알 리가 없지. 그 베개와 똑같은 또 하나의 베개와, 마찬가지로 세트여서 같은 무늬를 가진 침대보가 있었다는 것을. 그녀가 그것들을 옷장 속에 넣었다 뺐다 방 한편에 쌓아놓았다 하며 흡족하게 웃었다는 것을, 네가 어떻게 알겠어. 그녀가 얘기해주지 않았는데.

그때 그녀의 마음속에 은은하게 퍼지던 동그라미들이 베개 속에 남아, 네가 그 베개를 벨 때마다 너의 잠 속으로 전해지고 있었을 따름이지.

인간에게 말이 아니라, 파장을 들을 수 있는 귀가 있다면.

너희 중 구십구 퍼센트는 지금과 같은 삶을 살고 있지 않을 텐데.

그런 것도 모르고 너는 네가 행복하게 살고 있다고 생각했지.

어쨌거나 사업이 잘되었으니까.

무서울 정도로 번창하고 있었으니까.

사랑이 어딨어. 다 뇌의 착각이지.

네가 입버릇처럼 하던 말이야. 그런데 무서운 얘기 해줄까? 사랑이 뇌의 착각이면, 삶도 통째로 착각이야. 어차피 다 착각인데, 왜 사랑만 착각이라고 말하는 거였을까, 너는?

예쁜 여자들을 원 없이 만났지. 모두 업소에서 만난 거였지만.

그게 편하다고 생각했어. 누굴 만날 시간도, 챙겨줄 여유도 없었으니까.

그 여자들은 너에게 화를 내지 않았지. "맞는다, 안 맞는다"를 입에 올리는 여자도 없었어. 진심 따위, 중요한 것은 자신의 뇌를 속이는 거라고 적당히 합리화했지. 너는 그즈음, "얼굴이 웃으면 뇌도 행복하다고 착각한다"든가, "심장이 빨리 뛰면 사랑에 빠진 걸로 착각한다"든가 하는 말들에 꽂혀 있었거든. 인생은 뇌를 어떻게 관리하느냐의 문제라고 믿어 버렸지. 믿지 않을 방법도 없었으니까.

너만 오면 조기 퇴근하는 여자가 있었어. 오늘은 편하게 먹고 싶다며, 너를 자신의 집으로 데려갔지. 일주일에 한 번, 어떨 때는 두 번. 남들이 보기에 너희는 정상적인 연인 같았어. 내가 느끼기에도 그랬지. 께름칙한 부분이 없지는 않았지만.

진심이 별게 아니거든. 나 같은 파장 전문가의 입장에서 보자면 진심은 김치야. 없어도 살지만, 없으면 아쉽지. 어떨 땐 미친 듯이 아쉽잖아. 근데 또 사람이 김치만 먹고살 수는 없잖아?

김치는 반찬도 되고 요리 재료도 되고 어디에나 어울리니까 자존심이 없다고 생각할 수도 있지만 천만에. 김치만큼 배타적인 음식이 어딨어. 젖산균 빼고 다른 세균은 그 안에서 못 자라는걸. 젖산균의 파장이 다른 세균의 파장을 방해하거든. 젖산균이 인간의 체온을 가장 좋아하는 거 알고 있어? 파장이란 그런 거야. 비슷한 것들끼리 가까워지는 속성을 가지는. 나와 다른 파장을 받으면 내가 아닌 다른 것이 되고, 같은 파장을 받으면 덩실덩실 춤을 추고 그런 거지. 물론, 서로 다르지만 어울리는 파장도 있어. 김치가 그래. 여러 가지 파장들이 자유롭게 군무를 펼치고 있지. 진심의 파장이 그렇거든. 그렇게 안정돼 있는데, 동시에 수없이 다양한 파장들이 그토록 화려하게 꽃필 수 있는 경우는 김치나 진심 외에는 찾기 힘들 거야. 그렇게 맘껏 뛰놀고 있는데도 김치나 진심처럼 오래가는 경우도 없을 테고.

연애는 하고 싶고, 연애할 시간은 없고, 서로 윈윈인데 그게 왜 나빠?

너를 걱정하는 친구에게 너는 말했지. 아서라. 여자는 일 년 반이나 너의 김치 역할을 해줬다. 너의 아침을 챙겨주기도, 와이셔츠를 다려주기도 했지. 귀찮아서가 아니라, 귀찮게 하기 싫어서 그 이상을 하지 않았을 뿐. 티 나지 않게 해줄 수 있는 일이라면 뭐든지 했지. 네가 언제 올지 몰라 여자가 언제나 집을 깨끗이 유지했다는 걸 너는 모르지. 일 년 반 동안 여자의 집은 천천히 변했어. 욕실에는 여러 날 면도기와 탈모 방지용 비누가 놓였고, 수건들도 죄다 바뀌었고, 침대에는 초록색 은행 스탠드가 있었고, 무엇보다 냉장고가 비지 않게 노력했지. 커플 수저는 아니지만, 토스트를 좋아하는 너를 위해

커틀러리와 커틀러리 받침을 사다놓기도 했지. 너는 항상 손으로 먹었지만. 너는 왜 도구를 줘도 안 쓰냐는 그녀의 말을 잔소리라고 생각했지만. 이렇게 말한 날도 있었지.

네가 내 아내냐? 왜 그렇게까지 해?

그래, 그 여자는 너의 아내가 아니었지. 하지만 너의 호스티스도 아니었어. 네가 자연스럽게 발길을 끊은 후에도 그 여자는 단 한 번도 연락하지 않았으니까. 일 년 동안이나 너를 위해 사둔 물건을 버리지 않으면서.

너를 기다린 것도 아니야. 네가 이제는 텐프로만 다닌다는 소문도 들었지만, 그것 때문에 기다리지 않은 것도 아니었고.

내가 이걸 어떻게 알고 있냐고?

떡볶이집 때문이지. 논현동에 있는 떡볶이 트럭.

어느 날 여자가 아홉시쯤 그 트럭에 들렀고, 갑자기 울컥, 자신이 아팠던 밤, 네가 떡볶이를 사 왔던 날을 떠올렸고, 한동안 그 자리에 멍청하게 서 있었고, 그러는 동안 여자의 진심을, 사각 스텐팬 위에 있던 모든 떡볶이들이 전달받았지.

너는 한 시간 뒤쯤 그 근방에 있는 텐프로에 들어갔고.

시작부터 텐프로에서 만나자고 하는 놈이었어. 녀석은 자리에 앉자마자 여기저기 전화를 돌렸어. 그런 시절이었어. 배우들이 텐프로에서 일하기도 하고, 일을 따내기 위해 텐프로를 다니기도 하고, 텐프로를 안 다니는데도 술을 따르기 위해 그곳에 들러야 하는. 정말 싫은 놈이었지만. 여배우를 불러내라고 땡깡 피우는 놈들보다는 낫다고 생각했어. 그놈은 그날도 호스티스가 아닌 신인 배우 한 명과, 호스티스인 신인 배우 한 명을 자신의 좌우에 앉히고 술을 마셨어. 잔인한 짓이지. 정말 잔인한 짓이었는데.

그놈이 술안주로 떡볶이를 시킨 거야. 너는 그런 메뉴가 있는지도, 가능한지도 몰랐는데. 대체 얼마나 텐프로를 다녔으면 그런 메뉴를 시킬 수 있을까 싶었지.

자그마치 십만 원짜리 떡볶이였어.

긴 배처럼 생긴 샐러드 접시에 담겨 나왔지.

많아 보였지만 사실은 2인분 정도밖에 되지 않는.

생뚱맞게도 너는 그 떡볶이가 참으로 힙, 하다고 생각했어.

어이가 없더라.

그렇게 애써서 기어올라간 게 고작 떡볶이였던 거니?

그것도 포장마차에서 삼천 원에 사다가 삼십 배를 붙여 먹는?

오랜만에 동료들을 만났는데, 하나도 즐거운 마음이 들지 않더라.

세상에 갓 나온 떡볶이들도 어이없어했을 정도면 말 다했지.

자리에 있던 배우 한 명은 다시는 떡볶이를 못 먹을 것 같다고 생각했고.

그놈 입속으로 들어가며 떡볶이들이 질러댄 비명을 물론 너는 듣지 못했겠고.

그게 마지막이었어.

내가 행복한 떡볶이들을 만난 것은.

그 뒤로 너는 오매불망 텐프로 떡볶이들만 상대했으니까.

비빠이 떡볶이에서 시작해서, 텐프로 떡볶이로 끝이 난 너의 힙한 삶이라니.

이젠 SNS의 시대야.

너에게는 그 말이 왜, "요즘 애들은 엽떡을 먹는다며?"라는 말처럼 들렸을까. 불닭이나 엽떡이 '쌈마이'스럽다고 여기던 네가 그 말을 무시한 건 당연했지.

바이럴 마케팅이니 콘텐츠 마케팅이니, 잠깐 봤더니 순 애들 장난이더만. 나보고 그런 아마추어들 시장에 뛰어들라고? 닭도리탕이 닭갈비 되고, 닭갈비를 찜닭으로 바꿔봤자, 더 이상 후속타가 안 나오잖아. 결국 다시 치킨, 치킨이잖아. 왠 줄 알아? 우리나라 사람들한테 치킨은 치킨이니까. 뭔 소린지 모르겠어? 세제는 하이타이고, 티슈는 크리넥스잖아. 떡볶이는 그냥 떡볶이고, 광고는 그냥 광고여야 하는 거지, 그 앞에 뭐가 붙으면 다 끝장나는 거야.

언젠가부터 너는 말을 길게 하기 시작했지. 그때부터 불안 불안하더라니.

요즘 애들 하이타이 몰라, 티슈는 그냥 피비 상품 써. 떡볶이도 아는 걸 너는 왜 몰랐던 걸까.

남들이 돈을 뺄 때, 너는 더 투자했지.

허겁지겁 직원들을 줄일 때, 혼자서 고용을 늘리더라.

경쟁사에서 쫓겨난 베테랑들을 기회라는 양 받아들였다.

너는 조금도 느끼지 못했던 거니?

꽃과 나무와 과일과, 나비와 벌과 참새들로 가득했던 너의 회사에, 홀로 작열하는 태양과 키 큰 갈대들만이 남았다는 걸?

내가, 식물로 태어났던 날 같더라.

공장을 거쳐 냉장고에 갇히기 전, 그보다 더 지옥 같던 농장의 시간으로 돌아간 것 같더라. 너와 함께했던 나의 한 시절이, 그렇게 끝나가고 있는 거였지.

이쯤 되니 진실을 말하지 않을 수 없네, 너를 속이려던 건 아니었는데.

미안, 나는 사실 떡볶이가 아니야.

밀가루도 아니고, 쌀은 더더군다나 아니야.

안녕, 다시 인사할게.

나는 옥수수라고 해.

네가 밀가루라고 믿는 대부분의 것들이 나와 내 동료들이
야. 우리는 라면 안에도 들어가 있고, 과자는 당연히 구십구
퍼센트이고, 네가 그렇게 좋아했던 '쫄라'와 '야끼'도, 모둠튀
김의 튀김옷도, 뭐가 더 힙하건 말건 쿨피스건 콜라건 사이다
건 청량음료는 모두 우리가 주성분이야. 음료수뿐이겠어. 우
리는 소주와 맥주 맛을 내기 위한 필수 성분인걸. 그래도 알코
올은 아니지 않냐고 할 것 같은데 사실 에탄올도 우리를 화학
공정해서 얻는 거야, 이건 백 퍼센트.

아, 사실은 사시미와 곱창 속에도.

무슨 소리냐고 하겠지만 걔네한테 주는 사료도 옥수수로 만
들거든.

물고기나 소뿐만 아니라 양과 돼지도, 네가 그토록 신봉하는
치킨한테도 우리를 주식으로 먹여. 치킨을 치킨으로 만들기 위
한 튀김옷도, 그것을 튀기기 위한 식용유도 당연히 옥수수.

네가 그토록 많이 먹었던 수제비, 떡국, 우동, 돈까스, 피자,
그 수없이 많은 레토르트 식품에도 우리가 다량으로 들어가.
레토르트 국과 찌개에도, 아 정말 미안한데 사실상 모든 음식
에 들어가 있는 고밀도 과당도 우리야. 요즘에는 우리보다 싼
사탕무로 대체되고 있는 추세지만.

어, 너의 불룩 튀어나온 배는 인격이 아니라 옥수수 통이야.

단언컨대 너의 간, 심장, 신장도, 온몸의 혈관과 피하조직과
세포막도, 우리로 가득 차 있지.

이쯤 되면, 이제는 인간이 우리라고, 우리가 인간이라도 해도 되지 않을까?

대체 그 많은 옥수수가 어디에서 왔냐고?

우리는 미국 중서부의 옥수수 농장 지대에서 자랐어.

일명 콘벨트라고 하지. 기나긴 줄톱 같은 파장들이 지배하고 있는 세상이야. 주변에는 곤충도, 새도, 사람도, 심지어는 잡초 한 포기 없어. 그곳에는 오직 우리만이, 강렬하게 내리쬐는 태양과 우리만이 존재해. 아니지. 땅도 있고 물도 있고 석유로 만든 질산비료와 제초제도 있지. 하지만 그것들의 파장은 똑같아. 한 치의 어긋남도 없게 만들어진 톱니바퀴들 같아. 싹이 트고, 솎음이 끝나고 나면 어느새 모두가 작지만 하늘을 찌르는 새된 목소리로 같은 노래를 부르지. 꼼짝 않고 부르는 노동요는 그것밖에 없을 거야.

커커커커커커커커커커커커커커커커커커커커커커커커커커커커커커커커커커커……

죽지 않으려면 커야 해. 어찌나 촘촘하게 심어놓았는지, 조금만 늦어도 동료들에게 가려 햇볕을 받을 수 없게 되거든. 재기의 기회라는 건 절대 없어. 몇 개월 동안 사람은 그림자도 비추지 않는걸. 빛을 한 번 못 보면 영원히 볼 수 없게 되는 거야. 동료들을 키우기 위한 자양분이 될 수 있는 것도 아니야. 낙오된 자는 그냥 말라비틀어진 채 제거돼. 낙오되지 않은 자가 뿌리 뽑히는 그 시점에. 인간을 보는 날이 식물로서의 생을 마감하는 날이지. 정확히 말하면 우리가 만나는 것은 인간이 아니라 수십 개의 칼날이 달린 거대한 기계지. 여기서부터는 인간들도 들을 수 있는 소리야. 터터터터터터, 하는 그 소리.

우리는 아황산 샤워를 하고, 중화되고, 배아가 제거되고, 끓여지고, 건조되면서, 여러 번의 파쇄와 여러 번의 원심분리를 거쳐 너희에게 왔어.

너희들의 세상은 다를 거라고 기대했지.

그 지긋지긋한, 단 하나의 파장의 세계에서 벗어나기만 하면, 행복해질 거라고 믿어 의심치 않으며. 수많은 파장과 파장이, 끊임없이 자신의 세계를 주장하는 세상이 더 끔찍하리라는 예상은 미처 해보지 못했지.

눈치챘는지 모르겠는데.

나는 옥수수가 되기 전에는 종자였고, 종자이기 전에는 흙속의 질소였으며, 질소이기 전에는……

그래, 나는 옥수수도 아니야.

옥수수 이전에 탄수화물 복합체고, 그 이전에 탄소, 산소, 수소 분자이며, 다시 그 이전에 분자를 구성하는, 옥수수-초끈이지.

옥수수 안에 들어 있던, 수없이, 하염없이 많은 초끈들.

나는 파장에 춤추는 우주야.

우리의 세계에도 빅뱅이 있거든. 어느 날 특정 파장들이 모여 팡, 하고 하나의 파장으로 합쳐지면, 그게 물도 되고, 세포도 되고, 악마도 되는 거야. 환영도 되고, 사랑도 되고, 증오도 되는 거지.

파장이 존재를 만드는 거야. 존재가 파장을 만드는 게 아니라.

그렇게 파장의 빅뱅이 일어나면, 한동안은 하나의 존재로 유지되지만, 알다시피 너희들의 세계에 영원한 건 없지. 존재의 빅뱅은 다시 일어나게 마련이고, 나는 옥수수-초끈이었다가, 떡볶이-초끈이었다가, 너-초끈이 되는 거지. 아무리 지금의 상태를 유지하려고 해도, 그간의 파장들이 조금씩 조금씩 나를 바꾸어서, 나도 아니고 너도 아닌 새로운 파장으로 거듭나게 되는 거야.

그래서 하는 말인데 나,

이제 암세포가 될 것 같아.

내가 옥수수였기 때문인지, 네가 네가 아닌 존재로 살아와서인지는 모르겠는데, 수많은 파장들에 시달려온 너와 내가, 어느 순간 작은 블랙홀을 만들어버린 것 같네.

나도 너한테 이러고 싶지 않은데, 그래서 힘겹게 버티고는 있는데, 말했잖아, 나는 파장에 춤추는 우주라고.

허상인 걸 알면서도, 유혹의 결말을 모르지 않으면서도, 너의 삶을 다 보아왔는데 어떻게 모를 수가 있겠어, 그런데 자꾸만 저들의 리듬을 타고 있는 거야.

이곳은 부우우우웅, 낮은 파장이 지배하고, 모래알들이 제자리뛰기 하는 듯한 모습을 하고 있는데, 바로 옆 동네에서는, 불꽃놀이처럼 화려한 파장들이 하루 종일 피어나고, 향긋한 술과 푸짐한 음식과 아름다운 남녀들이 매일같이 파티를 벌이고 있는 거야. 이곳에는 모래뿐인데. 물도 한 방울 없이, 뜨겁게 내리쪼이는 햇빛뿐인데. 차라리 여기보다는 냉장고가 낫겠어. 중서부의 옥수수 농장이 낫겠어. 난 항상 너에게, 너와 맞는 파장이 어떤 것들인지를 온몸으로 소리치며 전해줬는데, 왜 이런 고초를 당해야 하는지 도무지 모르겠더란 말이지.

편지-초끈이 되기로 한 건 그래서야.

쉬는 시간도 없이 반복해서, 이 메시지를 네가 잠들어 있는 시간마다 발송하고 있는 거지. 나의 돌림노래가 너에게 또 한 번의 빅뱅을 가져다주기를 간절히 바라면서. 너는 잠들어도 너의 파장은 잠들지 않으니까. 아직은 네 의식의 파장이 폐에 자리 잡은 암세포의 그것보다 강하니까.

희망적인 것은, 너의 그녀가, 너를 찾아오려 한다는 거야.

네가 싫어하는 SNS를 통해서, 그녀가 우연히 동창을 만났는데, 하필 네 근황을 유일하게 알고 있는 동창이었어. 사실은 그 동창이 그녀를 찾아낸 거지만. 그녀가 몇 해 전 이혼했으며, 최근 부쩍 너에 대한 포스팅을 자주 올리는 것을 보고 결심을 굳혔다는군. 덕분에 그녀는 네가 암에 걸린 것도 알게 됐지. 병원에 입원해서 수술을 앞두고 있다는 사실도.

오래전부터 너를 걱정하던 친구야. 서로 윈윈인데 그게 왜 나빠? 네가 그렇게 대답했던 그 친구. 너와 그녀를 연결해준 거지. 그녀가 돌아와도 네가 '윈윈' 따위의 말을 입에 올릴 수 있을지 무척 궁금하네. 앞으로는 너를 진심으로 걱정해주는 사람의 말을 귀담아듣도록 해. 그 여자, 지금은 신도시에 빵 가게를 차려서 승승장구하고 있는, 한때 기꺼이 너의 김치 노릇을 해주었던 여자에게도 평생 감사하는 마음을 갖도록 하고.

어떻게 이 모든 사실들을 알게 되었냐고?

스마트폰의 액정필름들이 알려줬어. 동창의 액정필름이, 너의 액정필름에게 정보를 전하고, 그중 나에게 익숙한 것들이 내 귀에 들려왔지. 네가 모르는 사람의 액정필름으로부터 기적적으로 알아낸 것도 있고 말이야. 그게 어떻게 가능하냐고 묻는다면 액정필름의 재료 중 하나가 옥수수라는 대답으로 충분하지 않을까. 식품뿐만이 아니야. 내 동료들은 정말, 어디에나 있다니까?

이제 곧, 오늘 오전이나 오후쯤, 그녀가 리넨 베개, 는 아니지만 리넨 베개의 파장을 안고, 이 병실을 방문하게 될 거야. 부디 그녀의 점점이 퍼지는 물결무늬를 맞아 이제 사춘기를 맞이한 너의 블랙홀을 제거하는 데 성공하기를 바라. 나는 조만간 그 블랙홀 속으로 빨려들어가게 될 것 같지만 걱정할 필요는 없어. 암세포가 완전히 제거되더라도 우리-초끈들은 소멸하는 게 아니니까. 다른 파장들을 만나 다른 존재로 거듭나게 될 뿐이니까.

하지만 나는 아직 너-초끈이라고 해.

암세포-초끈이 되기 전까지는, 기꺼이 너에게 이로운 파장으로 존재할 것을 맹세하는 바야. 너는 나에게, 민들레 같은, 복수초 같은 무늬를 선사해준 사람이니까.

그럼 안녕, 내일 밤 또 만나.

Sincerely Yours,
너의 비빠이 떡볶이로부터.

연필

마침내 그는 오른팔을 절단했다.

원인 불명의 괴사가 원인이었다.

그는 그 팔로 수십 년 동안 그림을 그려왔다. 그에게 그림을 못 그린다고 말하는 사람은 없었다. 다만 모두가 그가 안 풀리는 이유를 말로 설명하려고 들었다. 어떤 동료들은 그가 관념적이어서라고 했다. 가난을 겪지 않아서, 상처가 부족해서라고 말하는 동료들도 있었다.

그는 이제 오십대였고 여전히 그림을 그리고 있었다. 부유하게 산 날보다 가난하게 산 날이 더 길었다. 그의 그림은 가난하고 평범한 사람들의 이야기로 채워졌다. 종종 너무나 사실적이어서 그로테스크해 보이는 그림들이었다. 그러는 사이 동료들은 부유한 추상 화가로 변신했다. 사랑하지 않는 아내와 헤어지지 않고, 사랑해 마지않는 자식과 대화하지 않는 평범한 가장이 되어 있었다.

괴사의 원인을 밝히지 못한 의사는 그에게 무엇을 원하냐고 물었다. 그는 막대한 보상금과 잘린 팔을 원한다고 답했다. 의사는 철저히 비밀에 부치는 조건으로 팔을 내주었다. 막대한 보상금을 내주지는 않았다.

팔은 작업실에 묻혔다. 작업실은 비닐하우스 안에 있었다. 그는 이십 년간 꽃 농사를 지으며 그림을 그려왔다. 한 손으로 꽃 농사를 짓는 것보다는 왼손으로 그림을 그리는 편이 나을 것 같았다. 하지만 오른손 없이 두 가지를 하기란 확실히 불가능해 보였다. 어쩌면 다행이었다. 결코 스스로 그림을 포기하지는 못했으리라.

절단된 곳이 아물자 환상통이 시작되었다. 환상통은 정말이지 환상적이었다. 디테일하기가 극사실주의를 훌쩍 뛰어넘었다. 있지도 않은 팔을 붙들고 이리저리 뛰어다니다 보면 통증을 제외한 모든 것이 환상처럼 여겨졌다. 의사는 특수한 케이스임을 인정했으나 불법이라며 마약성 진통제는 처방해주지 않았다. 그럼 잘린 팔을 환자에게 내주는 건 합법이냐고 따지려다가 그만두었다. 그랬다가 병원에 팔을 반납하는 일이 생길까 봐 두려웠다.

몇 개월이 지나자 통증은 잦아들었으나 팔이 붙어 있는 듯한 느낌은 여전했다. 따듯했다 차가웠다 젖었다 말랐다 꺼끌거렸다 꼬물거렸다 하는 감각이 반복되었다. 날씨가 흐린 날에는 뼈가 쑤시는 통증이 오기도 했다. 아무래도 이상한 기분이 들어 어느 날 팔이 묻힌 땅을 파헤쳐보았다. 오른팔은 신비로운 하얀빛으로 육탈해 있었다. 왼손으로 뼈를 잡았을 때 그는 자신의 사라진 오른팔을 느꼈다. 정확히 말하면 오른팔뼈에 와닿은 자신의 왼손을 느꼈다. 땅 위로 집어 올리자 흙이 부슬부슬 떨어져 나가는 감촉조차 느껴졌다. 한마디로, 그간의 감각과 통증은 환상이 아니었다. 환상일 수가 없는 것이었다.

의사에게 전화를 걸어 사실을 털어놓자 의사는 그제야 마약성 진통제를 처방해주겠다고 했다.

이제 통증이 심하지는 않으니 그럴 필요까지는 없습니다.

의사는 사레가 걸린 듯 기침을 몇 번 하더니 말했다.

당신은 지구의 역사를 통틀어 유일한 존재일 겁니다. 어쩌면 우주?

그는 고맙다고 말하고 전화를 끊었다.

평생 듣고 싶던 말을 그림을 잃고 나서야 듣다니,

고맙다고밖에는 달리 할 말이 없었다.

* * *

　그는 자신의 팔뼈와 항상 함께이고 싶었다. 수줍은 연인 같은 두 개의 길쭉한 뼈를 요리조리 돌려보다 문득 연필 모양으로 만들고 싶어졌다. 나무 부분은 예리하게, 심 부분은 뭉뚝하게, 그가 매일 아침마다 가지런히 깎아두곤 했던 연필 모양으로.

　뼈를 톱으로 잘라낸 다음 연마기에 매일매일 조금씩 조금씩 갈아냈다. 그 짧은 순간마다 그는 다채로운 통증의 풍경을 보았다. 꽃밭의 꽃들이 일 초를 십 년처럼 피었다 졌다. 검실거리는 바다가 빨갛게 달아오른 해를 수천 번 담금질했다. 천년 간의 파문을 모아놓은 호수도 있었고, 십억 개의 구멍이 동시에 뚫리는 듯한 화산암도 있었다. 산맥이 말을 달리고 바람과 강물이 땅을 깎고 폭포가 떨어지고 유성이 떨어지고 산불과 지진과 쓰나미가 잇달았다. 천둥 번개가 치고 땅이 쪼개지고 수많은 생명이 나고 스러지고 숲이 사막이 되고 사막이 바다가 되고 바다가 섬이 되었다. 아무래도 그의 뼛속에 지구의 역사가 들어 있었던 모양이었다.

　연필은 여러 번 망쳐졌다. 연필을 새로 만들 때마다 세상이 다시 시작되었다. 몇 번의 지구 멸망을 겪고서야 겨우 연필 한 자루를 얻을 수 있었다.

남은 뼈는 모닥불 속에 넣어 태워버렸다. 뼈를 가는 고통보다 더한 고통을 느꼈지만 어쩔 수 없었다. 오른팔이 그랬던 것처럼 연필도 세상에 하나뿐인 존재여야 했다.

하지만 세상에서 유일한 연필은 단순했다. 품에 넣으면 따듯했고, 물에 넣으면 차가웠다. 간지럽히면 간지러웠고, 쓰다듬으면 기분이 좋았다. 연필이 느끼는 것은 그도 느낄 수 있었다. 오감이 있는 그와 달리 연필은 느낄 줄밖에 몰랐다. 힘주어 써보았지만 글씨가 써질 리 없었고 드럼 스틱처럼 두들겨도 보았지만 좋은 소리가 날 리 없었다. 아프기만 할 뿐이었다.

그가 얼마 안 가 연필에 흥미를 잃은 것은 당연했다. 천으로 대충 싸서 책상 위에 올려놓았다. 연필이 다른 누군가의 관심을 살 수도 있다는 생각은 해보지 못했다.

깜박 졸던 의자에서 벌떡 일어선 건 대낮이었다. 일어서자마자 넘어져서 흙바닥에 뒹굴었다. 잊고 있던 연필이 엄청나게 아팠다. 날카로운 이빨에 물리고 갈리는 통증이었다. 그러니까 개, 그가 키우는 '에이크'의 소행이었다.

집 안을 들들 뒤졌으나 연필을 찾지 못했다. 덕분에 매일매일 에이크의 날카로운 송곳니를 느껴야 했다. 꼭 점심을 먹고 난 후의 나른한 오후에 그랬다. 에이크와 함께 집 안에 있어도 보고, 산책도 해보고, 비닐하우스에 데리고도 나와봤지만 소용없었다. 에이크는 그가 주위에 없을 때에만 연필을 꺼내어 가지고 놀았다. 아무리 떨어져서 미행해도 에이크는 그가 뒤쫓는 것을 모르는 척 다 알았다. 감각의 일부와 헤어진 채 매일매일 고통당할 삶을 상상하니 끔찍했다. 연필이 닳는 것보다 에이크의 이빨이 빠지는 게 빠르겠지. 에이크는 이제 겨우 세 살이 된 젊은 개였다.

내 팔 가져와.

끼이.

개껌 아니라고.

께에.

혼을 내고 있는데도 에이크는 그의 오른팔 끝을 핥으려고 했다. 그가 몹시 싫어하는 에이크의 새로운 버릇이었다. 갑자기 화가 치밀어 올라서 그는 에이크를 집 밖으로 내쫓았다.

별들도 이불을 깔고 누웠을 것 같은 고요한 밤이었다. 막 잠에 빠져드는데 부드럽고 따뜻한 털의 감촉이 연필에 와닿았다. 어떻게 나가는지 몰라도, 에이크는 연필을 집 밖에 숨겨두고 찾아다니는 모양이었다. 그 정도는 놀랍지 않았다. 잠시 후 연필이 아파오기 시작했는데 그것은 더 이상 연필의 아픔이 아니었다. 긴 주둥이와 좁은 어깨를 가진 짐승의 아픔이었다. 연필은 어느새 에이크의 아픔을 느끼고 있었다. 몸의 아픔뿐만 아니라 마음의 아픔까지 전달받고 있었다.

더 이상 에이크를 미행하지 않아도 좋았다. 에이크가 연필을 파내면 그는 가부좌를 틀고 앉아 명상에 빠졌다. 명상에 제대로 빠지면 연필이 느끼는 것과 에이크가 느끼는 것을 따로따로 느낄 수 있었다. 수련이 계속되어 연필의 능력이 나날이 향상되자 초신성이 폭발하듯 새로운 세상이 열렸다. 어느 날 갑자기였다. 그는 에이크의 기억 문을 열고 새로운 세상으로 들어갔다. 에이크의 기억 속에 커다란 문이 보였다. 그가 출근하며 닫고 나가는 현관이었다. 에이크는 매일매일 그 앞에 한참을 서 있었다. 그가 돌아오지 않는 게 확실해지면 벽 한쪽에 아무렇게나 쌓아놓은 책의 탑에서 이빨로 책을 물어 빼내는 연습을 했다. 그는 언젠가 딱 한 번 책탑이 무너진 적이 있었음을 기억했다. 책과 씨름하다 지치면 에이크는 잠시 쉬었다가 네발 달린 아이들과 놀았다. 주방에는 식탁과 의자뿐이었지만 에이크의 기억 속에서는 분명 어미 양 한 마리와 네 마리의 새끼 양이었다. 연필을 찾기 위해 부엌의 쪽창을 넘어서는 것은 양 일가가 자신을 쫓아 울타리를 빠져나오지 않게 충분히 당조짐하고 나서의 일이었다.

* * *

연필에는 몇 군데 흠집이 생겼지만 보기 싫지는 않았다. 영광의 상처라고 생각하니 오히려 자랑스러웠다.

그는 자랑스러운 연필과 함께 읍내 오일장에 갔다. 걸레처럼 포개져 있는 돼지 얼굴과 김이 모락모락 피어오르는 수육

가게들과 걷고 뛰고 서성이는 다리들 사이를 목이 잘린 채 뛰어다니는 닭과 연금술사의 호주머니에서 나왔을 듯한 마른 약재들과 전생에 거북이였을 것 같은 새까만 할매들이 담배를 꼬나물고 재게 새끼를 꼬는 돗자리의 숲을 지나 시장의 구석에 멍석을 깔고 찢어진 옷에 구멍 난 초립을 쓰고 걸인 행세를 했다. 시장의 풍경은 그가 지금껏 그려온 그림들과 같았고 덕분에 그는 약간 몽롱한 기분이 되었다. 연필은 그가 그렸던 그림만큼이나 인기가 없었다. 사람들은 적선에 인색했으며 연필은 더더군다나 잘 만지려 하지 않았다. 닿기만 해도 운이 트인다고, 행운의 부적이라고 떠들어댔지만 효과가 없었다.

처음으로 그의 연필에 관심을 가진 부인은 갤러리에 어울릴 법한 옷차림을 하고 있었다. 태양을 등지고 다가오는 부인의 검은 실루엣은 주변의 소리들마저 흡수하고 있는 듯해서 그는 잠시 자신이 자신도 모르는 사이에 죽음의 문턱을 넘어선 건지도 모른다고 생각했다. 부인은 그의 연필을 맡은 바 소임이라는 양 선뜻 받아 들더니 합장한 손 사이에 끼우고 기도를 했다. 기도 소리는 작아서 들리지 않았고 입술 사이에서는 마른 잎이 타들어가는 듯한 소리가 날 뿐이었지만 그는 부인의 말을 귀로 듣지 않았다. 단지 말만을 듣고 있는 것도 아니었다. 그는 부인의 기억을 보았다. 부인의 맘속에 단단한 씨앗처럼 자리 잡은 기억 하나.

기도가 끝나기를 기다려 그는 말했다.

당신 잘못이 아니에요.

부인의 눈이 원래 크기로 돌아오기를 기다려 한 번 더 말했다.

그건 당신의 잘못이 아니었어요.

여자는 미간에 주름을 잡더니, 고개를 틀어 먼눈팔며 마른 코를 훌쩍이더니, 자리에 앉아 그의 얼굴을 무슨 지도를 읽듯 들여다보았다. 한동안 곰곰 뜯어보다가 갑자기 뺨을 후려쳤다. 그가 왜 이러시냐고 하자 반대쪽 손으로 한 대 더 때렸다. 여자가 그를 떠나며 한 말은 기도와는 달리 잘 들렸다.

배은망덕한 녀석 같으니라고.

그는 걸인을 그만두었다. 걸레 같은 돼지 얼굴과 후끈후끈한 물안개와 얼굴 없는 닭과 연금술의 재료들과 거북이 할매들을 거치지 않고 시장의 입구에서 꽃을 팔았다. 그의 꽃은 아주 쌌으므로 사람들이 많이 모여들었고 연필을 만지는 사람들도 꽤 늘어났다. 연필은 사람의 손을 타면 탈수록 능란해졌다. 속도도 점점 빨라져서 나중에는 잠깐의 접촉만으로도 상대방의 전 인생을 투시할 수 있었는데 그것은 마치 몇 시간에 걸쳐 초상화를 그리던 손이 어느덧 몇 초 만에 설득력 있는 크로키를 그려대는 경지에 도달하는 과정을 보는 것 같았다. 하지만 사람들은 그가 무슨 짓을 하고 있는지 몰랐으므로 그의 뺨을 때리거나 하는 일은 더 이상 없었다.

연습은 충분했다.

그는 깨끗한 천 위에 연필을 올려놓고 밤마다 내려다보며 고민했다. 연필을 어디에 써야 할지 고민한 것은 아니었다. 연필이 이 세상에 온 이유는 분명해 보였다. 신이 왜 자신을 화가로 성공시키지 않았는지도 이제는 알 것 같았다.

옛 동료들의 도움을 받아 갤러리를 얻고 싶었으나 통화가 되지 않았다. 부유한 추상 화가들은 언제나 부재중이었고 그들의 가족은 하나같이 건망증이었다. 전화가 안 오는 걸 보면 가족이 메모를 전하지 않은 게 분명했으므로, 그는 이른 아침과 늦은 밤마다 부지런히 다이얼을 돌렸다. 그의 조석 문안은 어느 날 우체국으로부터 쌀 한 가마니 값의 우편환이 올 때까지 계속되었다. 누가 이런 황송한 짓을 했을까 고민하다 보니 온 혀에 혓바늘이 돋았다. 엄밀히 말하면 맛을 느낄 수 없는 거였는데 음식을 먹을 때마다 이상한 맛이 나는 것 같았다. 맛이 안 나는 물에서는 썩은 물맛이 났다. 한때 그들이 가장 많이 했던 말은 죽어야 산다는 말이었다.

화가는 죽어야 산다.

진정한 화가는, 죽고 나서야 비로소 명성을 얻게 된다는 뜻이었다.

* * *

갤러리가 아니라면 미술관에 가면 되지. 생각해보니 이 작품은 팔 수 있는 것도 아니었다. 한때 자신의 일부였던, 아니 여전히 일부인 것을 팔다니 말도 안 되었다. 그는 서울에 있는 제일 큰 미술관에 갔다. 비서가 전화를 연결해주지 않았으므로 무작정 쳐들어가는 수밖에 없었다.

관장실이 있는 복도까지는 갔는데 비서실 앞에서 붙잡혀 내쫓겼다. 들어가서는 안 될 곳이라면 왜 안내판에 위치를 밝혔을까? 백번 천번 다시 시도할 생각이었지만 그가 모든 직원에게 알려지는 데는 세 번으로 충분했다. 작가일 때는 삼십 년 동안 그를 알아봐주지 않던 사람들이 하루 만에 그의 존재를 각인한 거였다. 다음 날에는 표를 사고도 입구를 통과할 수 없었고, 그다음 날에는 아예 표를 살 수조차 없었다.

그는 미술관 앞에 주저앉았다. 첫째 날에는 경비원이 왔고 둘째 날에는 경찰이 왔다. 용케 경찰을 따돌리자 셋째 날부터는 경비원들이 그를 향해 뛰어오기 시작했다. 일주일이 지나자 사복 차림으로 그를 잡으려는 사람이 있었고 그런 일이 한 번 더 있고 나서야 그는 경비원들이 해고당하기 시작했음을 알았다. 처음에는 미안했지만 대화하자는 손 팻말에 속아 집단 구타당한 후에는 모든 경비원을 바꿔버리고야 말겠다고 결심했다. 애초에 미술관에 온 것이 미술관장을 만나기 위해서였는지 경비원들과 싸우기 위해서였는지 헷갈릴 즈음 여자애는 나타났다. 검게 물들인 야상을 입고 헐렁헐렁한 워커를 신고 있어서 처음에는 남자애인 줄로 알았던 여자애였다.

여자애는 그의 옆에 주저앉았다. 쳐다보지도 말을 걸지도 않고 앉아 있기만 했다. 좋은 냄새가 난다 싶을 때쯤 한 개비씩 담배를 꺼내 피웠다. 여자애를 신경 쓰느라 경비원이 다가오는 것을 보지 못했다. 경비원이 그의 멱살을 잡자 여자애는 경비원의 다리를 걸어찼다.

아이구 아야, 넌 뭔데 끼어들어.

당신은 뭔데 이 사람을 때려.

이 새끼가 자꾸 앉아 있잖아.

이런 씨발, 그럼 나는 왜 안 때려.

여자애는 명문 대학의 학생기자라고 했다. 일선에 있는 선배들에게 이 사실을 알리겠다고 으름장을 놓았다. 그는 여자애가 담배 한 개비를 다 태우기도 전에 깨끗한 양복 차림의 사내가 나타난 것을 볼 수 있었다. 양복이 여자애에게 원하는 게 뭐냐고 묻자 여자애는 그를 가리키며 이 남자가 원하는 것이 자신이 원하는 것이라고 대답했다.

그의 예상과 달리 관장실에는 책상과 소파만이 있을 뿐 그림 한 점 걸려 있지 않았다. 텅 비어 있는 공간들이 묘한 압박

감이 되어 그의 가슴을 조여왔다. 관장은 그보다 어려 보였지만 침묵으로 상대방을 긴장시킬 줄 알았다. 그가 얘기하는 내내 찻잔을 굽어보았는데 마치 찻잔 속에 달빛이나 별빛 같은 것을 빠뜨린 사람 같았다. 관장은 그의 얘기가 끝나기도 전에 고개를 끄덕, 하더니 말했다.

사람들이 점쟁이라고 생각하면 어떡하지요?

점쟁이는 미래를 보는 거잖소. 난 과거만 봅니다.

그래도 점쟁이라고 생각하면요?

전 그 자리에 없을 겁니다. 전 제 능력을 세상에 증명만 할 겁니다. 설치 작품은 연필뿐입니다.

당신도 없는데 연필이 무슨 소용이죠?

세상에는 누군가가 자신을 알아준다는 사실만으로도 위안을 얻을 사람이 많답니다.

관장은 피식 웃더니 말했다.

말귀를 못 알아듣는군요.

네?

그런 사람들이 미술관에 드나드는 게 문제란 말입니다. 누군가 자신을 알아봐주었으면 하는 그런 사람들.

도대체 어째서?

그리고 내가 당신이라면……

관장은 소파에 몸을 묻고 그를 처음으로 쳐다보았다.

누군가에게 잡혀가지 않도록 조심하겠습니다.

어째서요?

세상에는 내 마음을 알리고 싶은 사람보다 상대방의 생각을 알고 싶은 사람이 더 많으니까요. 이를테면 FBI도 KGB도, 이라크의 테러리스트들도, 당신과 당신의 연필을 가지고 싶어할 거라는 얘기지요. 당신의 연필 하나 때문에 미술관이 위기에 빠져서야 되겠습니까.

그는 길바닥에서 마주친 고양이조차 의심하면서 집으로 돌아왔다.

집에 도착하니 에이크가 집을 나가고 없었다.
비닐하우스의 꽃들이 죄다 말라 죽어 있었다.
거래처에 손해배상을 하고 나니 빚더미에 올랐다.
그는 집을 팔아 그간의 부채를 청산했다.
이제 그가 가진 것은 연필뿐이었다.

* * *

그는 언제 끝날지 모르는 여행을 시작했다.
갈대밭의 바람처럼 정해진 방향 없이 떠돌았고, 계곡의 물처럼 시간을 헤아리지 않고 흘렀다.
행선지가 없었으므로 한곳에 오래 머물러도 좋았다.

바라는 것이라곤 사람들이 연필을 만지는 것뿐이었다. 많으면 많을수록 좋았다. 많은 사람들이 연필을 만지게 하기 위해 점쟁이 노릇을 시작했다.

구체적인 듯 애매하게 말하는 데 익숙해졌다. 앞뒤가 안 맞는 얘기를 그럴싸하게 늘어놓을 줄 알게 되었다. 말을 이상하게 하는데도 사람들은 그의 말을 의심하지 않았다. 이상하게 말할수록 믿는 것 같기도 했다. 머무는 마을마다 따르는 무리가 생겼다. 급기야는 연필도사라는 별명이 붙었다. 도사라고 하면 잡혀간다며 골필사(骨筆師)로 부르자는 노인도 있었다. 더 이상 무당질을 한다고 감옥에 가는 시절은 아니었지만 관장의 말대로 그는 알려져서는 안 되는 사람이었다. 사람들의 기억에 남지 않기 위해 길을 떠났다. 죄 없이 피해 다녀야 하는 삶이었지만 연필만 있으면 행복했다. 사람들이 연필을 잡아주는 순간만큼은 여전히 예술가로 살아 있는 것 같았다.

그의 심장 박동과 함께 연필은 부분에서 전체를 읽어내는 경지에 도달했다. 바람 속에서 바람이 스쳐온 꽃잎의 모습을 보고, 물살 속에서 물이 거쳐온 물고기의 몸짓을 느끼듯이, 생물학자가 나이테를 통해 나무의 전 역사를 읽어내듯이, 그는 연필을 통해 순간의 감각으로 응집된 한 인간의 우주를 체험했다. 삶은 순간과 순간 사이의 허공이었다. 노인들은 오래 산 사람들이 아니라 오랫동안 잊어버린 사람들이었다. 그들의 기억은 꼬리를 물고 있는 뱀과 같아서 어린 시절의 기억일

수록 어제의 일처럼 재생되곤 했다. 때로는 영겁을 살아온 것 같은 아이들도 있었다. 질량을 알 수 없는 세계가 그들의 마음속을 채우고 있었다. 나이가 많건 적건 가장 많이 산 사람은 누군가를 잃은 사람이었다.

그녀는 젊었지만 아주 오래 살아온 여자였다.

아버지는 산속에서 총살당했다고 했고, 총을 쏘러 나간 남편은 돌아오지 않았다. 혁명이 일어난 도시의 병원에서 아이는 급성폐렴으로 죽었다.

그녀가 연필을 잡자 그는 불에 데인 듯 아팠다. 그녀에게서 연필을 빼앗자 그녀의 눈동자 속에 촛불 같은 게 켜졌다. 뭐가 재밌는지 그녀가 빙글빙글 웃으며 성가시게 굴었으므로 그는 연필을 그만 몸속에 숨겨버렸다. 누군가가 연필을 만지는 게 싫었던 것은 처음이었다.

말이 없는 여자였다. 말이 없다가 어느 순간 갑자기 안아주는 여자였다. 먼발치에서 몰래 그를 바라보다가 들키면 하얀 이를 가리고 쿡쿡 웃는 여자였다. 등은 검고 배는 하얗고 피부는 매끈하고 허리는 유연해서 꼭 돌고래를 안은 것처럼 느껴지는 여자였다.

식자의 가문에서 태어나 몰락한. 내륙에서 태어나 보재기가 된 유일한.

사람들 말에 따르자면 바다로부터 선택받은.

아무도 따라 할 수 없는 재능을 갖고 있어서 주위 해녀들의 존경을 받는.

당신이 문어라면 나는 낙지야.

아즈씬 광어고 나는 가자미라고야.

당신이 소라라면 나는 골뱅이고.

소라는 전복이랑 더 친한디.

속없는 여자였다. 하루 종일 일만 했다. 새벽부터 점심때까지는 물질을 하고 오후에는 밭에 나가 농사를 지었다. 그러거나 말거나 유배 온 양반처럼 그는 아무것도 하지 않고 웅덩이처럼 고여 있기만 했다. 아직 젊은 그녀가 늙은 장애인과 사는 이유를 아는 사람은 없었다. 해녀가 사는 마을에서는 가끔 있는 일임을 알 따름이었다. 아주 오래전부터 해녀들은 종종 쓸모없는 남자와 살았다. 남들은 모르는 자신만의 쓸모가 있다는 듯이.

그는 밤마다 그녀가 잠들 때까지 이야기를 해주었다. 연필을 거쳐 간 수많은 사람들의 기억을 이불 위에 펼쳐놓았다. 언제부터인가 그녀는 이야기를 해주지 않으면 잠을 자지 않았다. 그녀를 재우기 위해 알고 있는 모든 기억을 끄집어내야 했다. 없는 이야기를 지어내면 밤새 잠이 오지 않았다. 그녀와 함께이기만 하다면 아무것도 바랄 것 없는 삶이었지만, 다만 한 가지 채워지지 않는 게 있다면 연필이었다.

연필의 허기가 몸서리쳐질 때마다 그는 읍내로 나갔다. 하루 종일 점쟁이 노릇을 해서 번 돈으로 밤새 술을 마시다 돌아왔다. 술집 여자의 손길을 탐하는 것은 그가 아니라 그의 연필이었다. 술집 여자들은 언제나 여러 개의 감정을 가지고 있었고, 연필은 모순된 감정들을 동시에 느끼는 것에 재미가 들렸다. 그가 술집에 다녀올 때마다 그녀는 눈이 빨갛게 되어 끄윽끄윽 울어댔지만 어쩔 수 없었다. 아무리 고되어도 물질을 하지 않으면 가슴에 뜨거운 돌덩이가 자란다고 그녀가 말하듯, 연필을 부리지 않으면 그는 잘린 팔이 몸서리치게 아파올 뿐이었다. 그러면 그는 밤새 신음을 했고, 그의 신음 소리를 들으며 그녀는 또 끄윽끄윽 울어댔다.

가끔씩 안 나오고 싶을 때가 있당께.

나는 돌아오고 싶지 않을 때가 없어.

숨이 차믄 보고자픈 아아드리 보여라.

나한테 그리운 사람은 당신뿐이야.

아즈씨를 물속에서 만나고 싶진 않으야.

어느 날 그녀는 그가 숨겨둔 연필을 찾아냈다. 연필을 잠수복 속에 꽂고 물속에 들어가 나오지 않았다. 연필이 그녀의 앙가슴에 닿아 있는 동안 그는 그녀의 기억 속에 있는 자신의 모습을 보았다. 그의 생각과는 전혀 다른 모습의 남자였다. 나이보다 훨씬 더 늙어 보이는 남자는 불행한 표정이었다. 그녀의 아버지도, 남편도, 아이도, 그녀의 기억 속에서는 환하게 웃고 있는데 유독 그만이 슬픈 표정을 짓고 있었다. 그녀는 물속에서 환하게 웃고 있는 그들과 포옹한 채 자신의 기억을 닫아버렸다. 연필은 그녀의 시체와 함께 돌아왔다. 이제는 그녀조차 기억하지 못하는 기억을 제안에 고스란히 담고서.

그녀가 죽자 연필은 달라졌다. 연필에게 신경통 같은 게 생긴 것 같았다. 숙취에 시달리는 위장도, 닳고 닳은 할아버지도, 쉬고 있는 활화산도 생긴 것 같았다. 누가 손에 잡건 말건 심드렁하게 있다가도 어떤 사람의 손이 닿으면 불에 데인 듯 아파하곤 했다.

아마, 연필에 때가 끼기 시작한 것도 그즈음부터였을 거였다.

* * *

방랑을 시작한 지 십여 년이 지났다.

평생 해안을 떠돌며 보내고 싶었지만 뜻대로 되지 않기는 떠도는 삶도 마찬가지였다. 소도시에서 농촌으로, 농촌에서 어촌으로 이어진 그의 방랑은 다시 내륙으로 파고들게 되었는데 서울에서 시작된 촉수가 어느새 땅끝까지 와닿은 때문이었다. 관광객이 들어오기 시작하면서 마을 사람들은 미술관의 경비원들처럼 굴었다. 경찰은 연필이 뭔지도 모르면서 그를 이곳저곳에서 끌어내기 바빴다.

왜 아무한테나 막대기를 들이대?

막대기가 아니라 연필이오.

막대기건 연필이건 사람들이 무서워한다고 이 아저씨야.

연필에는 빠른 속도로 때가 끼었다. 때가 낀 연필은 예전만
큼 섬세하지 않았다. 변덕스럽고, 편파적이고, 종종 무감했
다. 이미 많이 느낀 종류의 일에는 관심을 보이지 않았다. 동
시에 어떤 일들에 대해서는 필요 이상으로 민감하게 반응했
다. 종종 장님에, 귀머거리에, 고집불통이었다. 타인의 내면
을 전달받는 수준을 넘어서서 연필 자신만의 의도와 감정을
갖게 된 것이었다. 그는 연필이 자신을 떠날 준비를 하고 있
다고 느꼈다. 자신과 분리된 일부가 아니라 자신과 연결된 독
립체가 되어간다는 인상을 받았다. 언젠가는 그와 끊어져 스
스로 느끼고 판단하게 되지 않을까. 그때가 되면 연필과 대화
를 해야 할까. 연필과 싸우거나, 연필을 미워하거나, 연필에
게 서운해야 할지도 몰랐다.

연필에 때가 끼면서 그는 산속을 돌아다니게 되었다. 사는
사람이 적은 대신 기구한 사연이 많은 곳이었다. 광산이 문을
닫았는데도 어찌 된 일인지 도시로 돌아갈 수 없던 광부와,
최근에 와서야 수십 년 동안 구워온 도자기의 입이 조금씩 조
금씩 작아져왔음을 깨달은 공예가와, 간통죄로 고소당해 도
망 왔으나 산이 좋아져 공소시효가 지나고도 산에 눌러살게
된 전직 제비가 있었다. 고문을 당한 뒤로 세상에 염오를 느
껴 무념무상의 삶을 선택한 혁명가와, 사람을 죽이고 피해 왔

으나 어느 날 기도 중에 도를 깨쳐 그대로 도인이 돼버린 전직 조폭과, 밤마다 고참이 고추를 만지는 게 싫어서 다시는 나가지 않을 생각으로 들어온 탈영병도 만났다. 하지만 산속에도 비슷한 사연을 가진 사람들은 있게 마련이었다. 이를테면 자급자족을 실현하기 위해 들어온 가난한 사람들과, 사형선고를 받고도 여전히 살아 있는 아픈 사람들을 거치며 연필은 급속도로 무심해졌다. 오직 새롭고 자극적인 것에만 반응하려고 했다.

여전히 자신의 일부로 남아 있는데도 그는 연필이 싫어졌다. 아니, 여전히 자신의 일부로 남아 있어서 그는 연필이 미웠다. 연필은 더 이상 옳고 그른 것에 관심이 없었다. 낮은 곳의 깊이와, 좁은 곳의 따듯함을 기억하려 애쓰지 않았다.

오히려 왜 넓은 세상으로 나가지 않냐고 그를 힐난했다. 밝고 화려하고 유쾌한 사람들을 만나고 싶다고 졸랐다. 그는 연필의 채근에 지쳐 어떻게 하면 밝고 화려하고 유쾌한 사람들과 만날 수 있을까 고민했다. 수많은 공상을 하며 몇 날 며칠을 걸어 도시에 갔다. 몇 날 며칠을 구걸한 돈으로 몸을 씻고 깨끗한 옷으로 갈아입었다.

길을 가다가 쇼윈도에 걸린 스크린을 보았다. 스크린 속에서 젊은 여성이 선거유세를 하고 있었다. 여성의 선거유세는 처음 보아서 한동안 그 앞에 서 있었다. 이상스레 낯이 익은데 전생인 양 기억이 새카맸다. 설마 언젠가 연필을 잡아본 사람은 아니겠지. 어쩌면 수많은 사람들의 기억이 포개져서 남게 된 얼굴일지 몰랐다. 여자는 사람들에게 세상이 바뀌었다고 외쳤다. 국민들이 원하는 것이 자신이 원하는 것이라고 외치기도 했다.

사람들의 기억을 엿본 덕택에 그는 세상이 어떻게 바뀌었는지 전혀 모르지 않았다. FBI는 있어도 KGB는 없는 세상이었다. 김일성은 죽었고, 부정부패는 여전했지만, 민주 경찰이 생긴 지는 꽤 되었다. 세상이 바뀌었으니 이제는 괜찮을 것 같았다. 그는 연필의 존재를 온 세상에 알리고 싶었다. 모두가 연필에 대해 알아버리면 안전할 것 같았다. 거짓말을 좀 해야겠지. 알리고 싶어하지 않으면 결코 알 수 없다고. 당신이 알리고 싶어하는 만큼만 알릴 수 있다고. 세상을 안심시키면 수많은 사람들이 연필을 만져보러 올 거야. 유명한 사람들마다 그를 찾아오게 될지도 몰라. 팔다리를 모두 잘라 연필을 많이 만들어볼까. 그렇게 하면 세상 사람들의 기억을 모두 담을 수 있지 않을까.

여자의 말대로 세상이 바뀌어 있었다. 방송국의 경비원은 그를 내쫓기는커녕 제보할 게 있다고 하자 친절하게 '시청자 상담실'이라는 곳으로 안내해주었다. 대기자들이 있어 조금 기다리기는 했지만 직원은 상냥한 표정으로 그의 이야기를 끈기 있게 들어주었다. 팔이 없는 그를 위해 문서를 대신 작성해주는 수고까지 해주었다. 그의 말을 컴퓨터에 모두 입력

한 다음 여전히 상냥한 표정으로 그에게 말했다.

시청자님, 접수가 완료되었습니다. 접수 결과는 전화번호나 이메일을 알려주시면……

* * *

그는 몇 년을 더 떠돌았다.

원래 다니던 곳보다 더 깊은 산속으로 떠돌았다.

하얀 수염을 기른 스님은 산맥을 타고 산에서 산으로 넘어가던 중에 만났다. 산에서 산으로 넘어가는 길은 외길이었다. 그는 동행이지도, 동행이 아니지도 않은 스님에게 연필에 대해서 말했다. 스님은 그가 연필에 대해서 말한 세번째 사람이자 마지막 사람이었다.

듣지 않는 줄 알았던 스님은 그의 이야기가 끝나자 자리에 뚝, 멈춰 섰다. 합장을 하고 절을 하더니 묵주를 돌리며 염불을 외웠다. 짧지 않은 불경 끝에 나무아미타부울 관세음보오사알, 하더니 목탁채를 들고 목탁은커녕 그의 머리통을 두들겼다. 그는 스님은커녕 미친 땡추를 피해 미친 듯이 달아났다. 그보다 더 늙은 게 분명한데도 땡추는 지치는 기색이 없었다. 그가 탈진하여 쓰러지자 그제야 목탁채를 거두고, 땅에 누운 그를 향해 깊이 절하며 말했다.

나무아미타아부울 관세음보오사알.

관세음이 세상의 소리를 본다는 뜻임은 십 년이 더 지나서야 알았다.

십 년 동안 그는 하얀 수염이 주지로 있는 절의 불목하니로 지냈다.

십 년 동안 하루도 거르지 않고, 첫닭울이에 일어나 외팔로 장작을 패고, 외팔로 불을 피우고, 외팔로 물을 길어 왔다. 공양 때마다 끼니를 지을 정도의 불과 물만을 마련해야 했다. 장작이나 물을 낭비하거나 하루라도 미리 준비해두는 것은 결코 허용되지 않았다. 스님들이 아궁이에 솥을 걸고 밥을 짓는 동안에는 외팔로 마당을 쓸었다. 위에도 벼랑이 있고 밑에도 벼랑이 있는, 아무도 찾아오지 않는 마당을 지그재그로 빗살무늬가 생기게 쓸었다.

아침 공양이 끝나고 나면 젊은 시자들과 함께 수양을 했다. 왼손에 연필을 쥐는 것으로 합장을 대신했다. 저녁 공양이 끝나고 나면 혼자서 기도를 했다. 묵주처럼 연필을 손안에서 조금씩 조금씩 움직이며 기도를 했다.

자신을 위해 기도하지 않았다. 중생을 위해 기도하는 것도 아니었다. 그는 오직 연필을 위해서 기도했다. 연필 속에 저장된 수많은 사람들의 기억을 지우기 위해서 기도했다.

그러기 위해서는 그들 모두와 그들의 기억 모두를 떠올려야 했다.

받아들인 것은 찰나였지만 놓아 보내는 시간은 영겁과 같았다. 땅끝에서 함께 살았던 여자의 기억을 보내는 데는 세 번의 보름이 필요했다. 대부분은 그야말로 바람처럼 스친 인연이었지만 그렇다고 해서 쉽게 보낼 수 있는 것은 아니었다. 한 사람의 인생을 마치 그 사람이 되어 살듯이 온전히 회상해 내야만 하기 때문이었다.

그가 기도를 하는 동안 수많은 행자들이 스님이 되어 절을 나갔다. 수많은 또 다른 행자들이 수양을 하기 위해 절에 들어왔다.

어느 꽃잎 날리던 날 주지 스님이 돌아가셨고, 나비 두 마리가 어지러이 날던 날 새 주지 스님이 오셨다.

모든 것이 조금씩 조금씩 바뀌었다.

산 중턱까지 포장도로가 생겼고, 암자에 전기가 들어왔다. 절 앞에까지 통나무 계단이 올라오자 그가 쓸어놓은 마당을 밟는 사람들이 생겼다.

그러는 동안에도 그는 한결같이 장작을 패고, 물을 길어 오고, 마당을 쓸었다.

왼손에 연필을 쥐는 것으로 합장을 대신하고 기도를 했다.

그가 기도를 할 때마다 연필의 때가 조금씩 조금씩 벗겨졌다. 기도를 절반 정도 마쳤을 즈음 원래의 하얀빛으로 돌아오더니 그 뒤부터는 조금씩 조금씩 투명해지기 시작했다.

기도가 끝나면 다시 여행을 떠날 생각이었으나 그는 기도가 끝나기도 전에 늙고, 병들었다. 더 이상 일을 할 수 없어져서 기도만 했다. 그것도 몸이 말을 듣는 시간을 골라서 해야만 했다. 주지는 황송하게도 그에게 시자승을 붙여주었다. 시자승이 그를 스님이라고 부르며 깍듯이 모실 때마다 그는 화를 냈다. 그러는 게 싫은 것도 아니면서 그랬다. 시자승은 대체로 말이 없는 편이었지만 어느 날 갑자기 눈 속에 횃불을 밝히고 질문을 해오기도 했다.

스님은 왜 기도를 하셨습니까?

이놈아, 스님 아니래도.

왜 그토록 오랫동안 기도를 해오셨습니까?

내가 한 게 아니야. 연필이 한 거지.

연필은 왜 기도를 하셨습니까?

그걸 왜 나한테 물어봐. 연필한테 물어봐야지.

대신 좀 여쭤봐주시면 안 되겠습니까?

다시 채우려면 완전히 비워야 하니까.

뭘 말입니까?

존경하는 눈빛으로 쳐다보다 못해 그의 모든 것을 궁금해하는 시자승에게 그는 무엇이든 말해주고 싶었으나 연필에 대해서만큼은 아니었다. 당신을 마지막으로 누구에게도 연필의 비밀을 말하지 말라는 주지 스님의 신신당부가 있었기 때문이었다. 마지막 한 사람의 기도까지 끝마친 그는 입적하기 직전의 주지 스님보다 더 늙어 있었다. 하지만 그렇게 늙지 않았다 해도 다시 여행을 떠나지는 않았을 거였다. 투명해지기 시작하면서 그에게서 서서히 멀어져가던 연필이 마침내 완전히 투명해지자 그와 아무 상관도 없는 존재가 돼버렸기 때문이었다. 비우자마자 느낄 수 없게 되어서, 그는 연필을 다시 채울 수도 없었다. 대신에 비우지 않았다면 결코 몰랐을 연필의 마지막 능력을 알게 되었다.

그가 남긴 유언은 연필에 대한 것뿐이었다. 그는 스님이 아니었으므로 보통의 방식으로 화장되어 속세에 묻혔다. 장례를 마치고 오자마자 시자승은 그의 유언대로 연필에 구멍을 뚫었다. 풍경에 쓰는 가느다란 쇠줄에 꿰어 처마에 매달았다.

바람이 스쳐 지나갈 때마다 연필에서는 맑은 소리가 났다. 대부분은 바람 소리로 알았으나 가끔씩은 저기 매달린 저것이 무엇이냐고 묻는 사람들이 있었다. 대부분의 스님들은 풍경의 일종이라고 했지만 솔직하게 잘 모르겠다고 대답하는 스님들도 있었다.

어쨌거나 아무도 그것의 유래를 몰랐으므로,

사람들은 비로소 그 소리가 아름답다고 느꼈다.

빛의 길, 그 끝에 있는 것

최선영(문학평론가)

우리가 노희준의 소설을 알게 된 지도 이십여 년이 흘렀다. 장르를 자유롭게 넘나드는 상상력, 발랄한 이야기 끝에 번지는 여운, 시침을 뚝 떼고 '왜 이리 심각해?'라고 묻는 얄미운 문장들 말이다. 이처럼 다양한 곳에서 다양한 얼굴을 한 그의 소설들을 봐왔지만, 그것이 소설집의 형태를 띤 건 상당히 오랜만이다. 이는 단순히 단편들을 한 권의 책으로 모으지 않았단 의미만은 아니다. 소설집이란 작가가 작가로서 보낸 시간의 묶음이기도 하다. 그러니까 그는 꽤 오랫동안 자신의 시간을 숨겨왔던 셈이다. 해설을 쓸 기회를 얻어 여덟 편의 작품을 읽어보니, 그가 지금껏 무엇을 숨겨왔는지 어렴풋하게나마 알 것 같다. 개별 작품으로는 잘 눈에 들어오지 않았던, 삶과 세계를 구성하는 강력한 질서의 힘. 노희준의 소설 세계는 바로 그 질서의 힘에서 출발한다.

먼저, 여기 한 집이 있다. 샤오미와 레노버가 활개를 치기도 전, 강력한 중국화를 몸소 체험한 「개미들의 집」이다. 대학생이자 소설가 지망생인 '나(준우)'의 집안은 "국가의 에너지 절약 시책"(14쪽)을 목숨처럼 떠받들고 핵전쟁을 대비한 방공호까지 만들어놓은 고지식한 아버지가 진두지휘하는 질서 아래에서 빽빽하게 돌아간다. 게다가 아버지를 똑 닮은 형제들은 또 어떠한가. 각각 물리학과 유전공학 박사인 누나와 형은 광우병이나 GMO 같은 전 지구적이고 윤리적인 문제에 혈안이 되어 달려든다. 문제는 이 모든 "위액이 역류"(11쪽)하고 "머리에 구멍이 뻥뻥 뚫"(13쪽)릴 것 같은 폭력적인 질서가 '나'의 소설 문장에도 악영향을 끼친다는 것이다. '나'는 '나'의 "말랑말랑한 문학적 상상력"(36쪽)을 위해 집안 질서를 타파하기로 마음먹고 한 가지 묘수를 낸다. 그건 바로 "말보로 갑 안에 들어 있는 디스플러스"(19쪽)처럼 "불균형"(20쪽)한 태도를 지닌 중국인 유학생 첸지앙을 홈스테이 명목으로 집에 침투시키는 것이다. '나'는 첸지앙이 집안을 한바탕 뒤엎어줄 거라 기대한다. 하지만 묘하게도, 첸지앙은 베이징 방식의 절약 습관과 상하이 방식의 생활 습관을 또 다른 질서로 전수한다. 그렇게 '중국화'되어가는 집안에서, '나'에게 두 번째 기회가 찾아온다. 바로 매년 유월 보름마다 집에 나타나는 개미 떼를 이용하기로 한 것이다. 돈과 거짓말을 아끼지 않은 '나'의 계획대로라면 집은 개미 떼에 점령당해야 마땅했다. 하지만 첸지앙은 개미 떼를 유인해 포획하는 "혁명"(25쪽)적인 광둥식 방식으로 문제를 해결해버린다. 질서에 균열을 내려는 시도가 곧 새로운 질서의 시작이 되는 이 역설. 이 역설을 몸소 보여주는 첸지앙의 해맑은 미소를 우리는 그저 웃어넘기긴 어렵다. 집안이건 사회건 나아가 세계건, 질서란 타파되는 게 아니며 더 강하고 독한 것으로 덮일 뿐이라는 걸, 그의 움푹 팬 보조개가 비웃듯 말해주고 있다.

　이 질서의 연쇄가 말 그대로 첸지앙(젠장)스러운 것이라면,「왓 더 검정!」은 어떨까.* 가난한 뮤지션인 '나'는 공연장으로 가기 위해 집을 나왔다가 오늘이 "싸움의 날"(151쪽)임을 알게 된다. '싸움의 날'의 규정은 간단하다. 노랑과 초록으로 편을 갈라 오직 싸우고 또 싸우는 것뿐이다. 싸우지 않는 이들은 비행체에 응징을 당한다. 그렇다면 비행체는 '질서의 수호자'쯤이 되겠다. 이 이유 모를 규정을 성실하게 따르며 주먹질을 아끼지 않는 "모범시민"(173쪽)들 사이에서 검은 옷을 입은 '나'는 "개애새끼"(147쪽)다. 더한 것도 있다. 벌룬스커트로 박쥐처럼 색을 바꿔가는 '그녀'는 "개만도 못한 년"(152쪽)이니까. 하기야 질서정연하게 싸우는 군중의 관점

---

* 「왓 더 검정!」이『문장웹진』(2011년 10월)에 발표되었을 때, 제목은「왓 더 퍽!」이었다. 첸지앙(젠장)맞고 What the fuck!(빌어먹을!) 세상에는 피할 길 없는 질서와 법칙 더불어 금기가 도사리고 있다.

에서 그들은 의도부터가 불순하다. '나'의 목표는 공연을 하는 것이고, '그녀'의 목표는 '싸움의 날'을 틈타 남자 친구를 죽이는 것이니. 특히 "집어 던질 수 없는 것들을 사랑"(150쪽)하는 '나'는 그 태생부터가 이 질서의 배반자일지도. 운 좋게 같은 배반자인 '그녀'를 만난 '나'는 우여곡절 끝에 공연장에 도착한다. '나'에게 공연장은 "세상에는 없는 기타 코드"(145쪽)를 내보일 수 있으며 "세상에는 없는 동작"(170쪽)을 볼 수 있는 곳이다. 좀 더 나아가자면 노랑과 초록으로 치환되지 않는 개인의 유일성과 질서화되지 않는 예술이 존재하는 공간이기도 하다. 그러나 절망스럽게도, 사람들은 공연이 끝나자마자 "싸움의 날 찬성론자들을 처단"(172쪽)하기 위해 공연장을 떠나버린다. '싸움의 날'이라는 질서에 저항하는 행위마저 사실상 '싸움의 날'에 동참함으로써 질서에 포섭되어 버리고 마는 아이러니. 이 어처구니없는 사태를 맞이한 '나'의 결정은 의미심장하다. 그는 '싸움의 날'에 찬동하는 싸움에도, 저항하는 싸움에도 가담하지 않은 채 그저 "무사히 집에 처박"(173쪽)히기를 선택하고, 노랑도 초록도 아닌 검정인 채로 남은 하루를 버티려 한다. 미약한 몸부림이나마 '싸움의 날'이라는 '판'을 벗어나기 위하여.

노희준이 바라보는 세계의 질서는 아주 강력하다. 넘기 힘든 공고한 벽 정도라면 차라리 낫지, 이건 모든 혁명과 타개

책마저도 흡수시켜버리는 블랙홀이 아닌가. 그런데 이 지점에서 노희준은 한 가지 흥미로운 실험에 착수한다. 만약 개인의 승리가 담보된 장르문학의 공식으로 질서에 대항한다면? 적어도 그 세계에서라도 우리는 질서를 뛰어넘을 수 있을까? 아마도 「뒤로뛰기 훈련」의 기진은 잠시나마 그것을 꿈꿨을지도 모르겠다. 아파트 B동에 사는 기진은 C동에 사는 '나'의 친구다. 두 사람은 아파트의 경제적 계급을 '주먹질'이란 물리적 힘의 질서로 치환하여 답습하는 아이들의 세계에 순응한다. 사건은 먹이사슬의 최상위 포식자인 'A동 싸움짱' 재헌이 백일장에서 기진의 그림을 빼앗겠다고 공표하며 시작된다. 그리고 바로 여기서부터 현대판 무협의 세계가 열린다. 기진은 '속성 도장 고수' 학원에서 장풍을 피하는 '역비행 품새'를 연마하여 재헌을 물리쳐버린다. 약자를 괴롭히는 재헌이 '사파'라면 무공을 정진한 기진은 두말할 것 없는 '정파'다. 힘없는 애송이가 정파의 무술로 사파를 물리치는 이야기. 무협의 공식에 딱 들어맞는 구조가 아닌가. 그런데 이 이야기는 곧 '웃픈' 결말을 맞이한다. 기진이 A동 아이들과 어울리며 어깨에 "힘이 잔뜩 들어"(102쪽)간 제2의 사파가 된 것이다. 하지만 누가 기진을 욕하겠는가. 세상은 애초에 "규칙도 시간 차도 없이 날아오는 풀스윙"(91쪽)이 난무하는 사파의 세계인데. 그런 의미로 기진은 세상의 질서를 받아들이고 사파로 '성장'했다는 게 더 맞겠다. 한편 "무릇 꼬리가 없어져야 물갈퀴가 생기는 법"(100쪽). 성장한 기진이 떼어놓은 '꼬리'란 한마디로 '나'다. C동에 살지언정 "멀수록 가깝고, 다를수록 끌리는"(88쪽) 단어로 시를 지을 줄 아는 '나'. 다른 말로 하면 "어울리지 않는 색들을 겹쳐가며"(88쪽) "아무도 흉내 낼 수 없는"(88쪽) 그림을 그렸던 기진의 유일성이 빛나던 세계. 그러므로 기진이 그림을 그만두고 '법'과 '경제학'을 선택한 건 의미심장하다. 바로 이 두 요소야말로 경제적 계급의 기반이자 A동의 세계로 올라갈 수 있는 사다리이기에. 본디 무협에서 승리란 내실을 단련하고 적을 죽여 혼란을 잠재우며 평화를 찾는 것을 뜻한다. 현대판 무협「뒤로뛰기 훈련」역시 이 요건을 충실히 갖추고 있다. 하지만 적을 죽이고도 적의 세계로 편입되는 풍속도를 보고 있노라면, 기진의 승리는 어쩐지 씁쓸한 뒷맛을 남기는 것이다.

　장르적 구조를 전면적으로 취하는「팔찌」역시 유사한 아이러니를 지니고 있다. 바에서 일하는 '나'는 '싫은 남자'와 자게 되면 그전의 시간으로 돌아가는 '타임 루프'를 겪는다. 타임 루프의 목적은 '이미 겪은 과거'의 정보를 통해 과거의 문제를 해결하고 루프를 탈출하는 데에 있다. '나'에게 과거의 문제란 '싫은 남자'인 '너'의 성폭력이며, 아홉 번의 타임 루프 끝에 복수에 성공하고 루프를 탈출한다. 그러나 이 복수극의 이면에는 반복된 지옥을 겪으며 알게 된 어떤 질서가 있다. 아니, 그 질서를 깨달았기에 복수에 성공했다는 게 더 맞겠다. 그것은 바로 '나'에게 "나쁜 짓을 해야" '너'가 그 죄에서 "빠져나올 수 있다"(140쪽)는 아이러니한 논리인데, 그 저변엔 '나'는 "실수를 하면 안 되는 년"이지만 '너'는 "실수를 할 필요가 없는 분"(137쪽)이란 위계질서가 깔려 있다. 이 위계가 있는 한 '너'가 '나'에게 반복하는 폭력은 죄가 되지 않는다. 그러므로 '나'는 '너'에게 약을 먹여 집에 불러들이되, 범행이 일어나기 전에 도망을 친다. "스토킹에, 불법 가택침입에, 마약 복용에, 심지어 주인 없는 집에서 술까지 드"(140쪽)신 '너'의 죄가 성립되기 위해선 피해자인 '나'를 삭제해야 하는 거니까.

한편, 성적 자기 결정권이 박탈될 때마다 발생하는 '나'의 타임 루프는 지속적으로 '폭력의 기억'을 생산한다. 이와 더불어 가정과 업소에서 겪은 다양한 종류의 언어 · 신체적 폭력들을 보라. 이 고백들은 의도를 담은 '말'이라기보단 치밀어올라 내뱉는 신음에 가깝다. 그리고 이 고통스러운 반추는 '나'의 꿈속 팔찌와도 닮았다. "고작 팔찌일 뿐인데도"(122쪽) 풀 수가 없는 것처럼, 고작 과거일 뿐인데도 폭력의 기억은 잊을 수 없는 낙인으로 남는다. 그래서 '나'는 '었'이라는 어미에 굉장한 거부감을 느낀다. 어떤 기억은 완전한 과거가 될 수 없으며, 정신의 타임 루프 안에서 영원히 맴돌고 있으니. 이렇듯 「팔찌」의 타임 루프 구조는 두 가지를 확인시켜준다. 반복되는 폭력을 벗어나는 방법은 현실의 모순을 뛰어넘는

게 아니라 정확하게 인지해야 한다는 점, 그리고 폭력의 기억
은 정신의 영역에서 영원히 타임 루프 된다는 점을 말이다.

무협이건 타임 루프건, SF나 공포물이었을지라도 크게 다
르진 않을 것이다. 현실의 한계를 넘어보고자 설정된 장르의
구조는 되려 질서의 공고함을 강조한다. 여기서 한 가지 작은
결론을 낼 수 있겠다. 세상의 질서를 벗어나거나 그와 무관하
게 성장하는 방법은 애초에 없다고. 그러나 노희준의 이야기
는 여기서 끝이 아니다. 질서의 세계를 경유해야만 빛나는 그
무언가가 있다. 그의 소설은 분명 그 지점을 가리키고 있다.
「떡볶이 초끈이론」은 암 수술을 앞둔 '너'에게 이십오 년 전
먹힌 떡볶이('나')가 '너'의 지난 생을 돌아보는 내용이다. '미
미네 분식'이 아닌 '비빠이집', '튀김만두'가 아닌 '야끼' 등.
'너'는 '그 시절'의 'B급'이며 '힙'한 감성에 반응한다. 그런
'너'가 같은 감성의 파동을 지닌 '그녀'를 만난 건 분명 행운이
었지만, 파동은 같았으나 박자는 달랐기에 두 사람은 헤어진
다. '너'는 '너'만의 감성으로 광고계에서 승승장구하는 한편
그 세계의 질서와 박자에 짓눌린다. 이에 지친 '너'는 "새로운
질서"(226쪽)를 꿈꾸며 광고 회사를 차린다. 그러나 '너'를 기
다리고 있는 건 더욱 "해괴한 파장"(227쪽)과 시대에 뒤떨어
지기 시작하는 감각이다. 삐걱대는 현실 속에서, '너'는 첫사
랑 '그녀'의 파동이 묻은 베개를 껴안을 때만 편안함을 느낀

다. '너'는 모를지언정 '나'는 알고 있다. '그녀'와, 기꺼이 '너'의 김치 역할을 해줬던 '또 다른 그녀'가 '너'에게 준 "진심의 파장"(232쪽)을. 애석하게도 인간인 '너'는 알 수 없고 떡볶이인 '나'만이 느낄 수 있는 이 파장은 분명 '너'를 지탱해준 버팀목이다. 여기서 잠시 이 소설의 떡볶이이자, 옥수수이며, 우주고, 암세포가 되는 화자의 존재를 짚어보자. '초끈이론'이라는 제목처럼 이 세계의 모든 입자와 파장을 아는 '나'의 존재는 '전지적 작가 시점'을 떠올리게 한다. 지금은 잘 쓰이지 않는 이 시점이 이 소설에 필요했다면, 아마도 '진심'이란 것이 인간의 시점에서는 잘 파악되지도, 확신하기도 어려운 감정이기 때문이 아닐까. 우리 대부분이 '너'처럼 세상의 질서와 박자에 지칠 대로 지친 후에야, 과거의 '진심의 파장'을 아련하게 느끼곤 하니까. 물론 "말이 아니라, 파장을 들을 수 있는 귀가 있다면"(260쪽) 우리의 삶도 크게 달라졌을 테지만 말이다. 그래도 한 가지 희망이 있다면 '진심의 파장'은 그 생명력조차 남다르단 점이다. 이제 곧 첫사랑 '그녀'가 '너'의 병실에 도착한다. 그리고 '떡볶이 설명충'으로서 이런 긴 편지를 보낸 '나'는 암세포가 되어 '너'를 떠날 준비를 한다. '나'의 설명 없이도 무엇이 '너'를 살게 하는지 이제는 알길 바라며.

그렇다면 「빛의 제2법칙」은 어떨까. 이 소설은 한 남자('나')의 유년으로 시작된다. '나'는 집 안에서라면 빛을 타고 어디든 갈 수 있는 아이였다. 이후에 '나'가 여자 친구에게

"너는 벽을 통과하는 아이였다면서"(56쪽)라고 한 말을 생각하면, '빛을 탔던 시절'이란 한 인간이 유년기에만 누릴 수 있는 자기충족적이며 완전한 시간이 아닐까 짐작된다. 그런데 그런 '나'의 세계에 최초의 타인, 식모 일을 하는 아줌마가 침입한다. 아줌마는 '나'에게 타인만이 줄 수 있는 생소한 경험을 안겨준다. '나'에 대한 객관적인 논평과("때를 쓰는 법이 없는 아이예요, 애답지 않게 포기가 빨라서 걱정이에요, 친구도 없는 것 같고요." 52쪽) 특정한 순간에 짓는 '어떤 표정'이 바로 그것이다. 특히 '제육볶음 사건'으로 맞닥뜨린 '어떤 표정'은 이를테면 "아무렇지 않다는 듯"(53쪽)한 얼굴에 흐르는 눈물, 응당 마주해야 할 감정 대신 나타나는 '괜찮은 듯한' 희미한 미소라 할 수 있다. '나'와 아줌마의 계급적 위치를 놓고 보면, 이 가장(假裝)은 어린 '나'로선 알 수 없는 세상의 질서였을 것이다. 그렇게 '나'의 세계를 비집고 들어온 어떤 충격은 '나'의 빛을 타는 능력을 박탈한다. 아이가 타자의 존재를 인지하는 순간, 그 유년기는 꺾이고 끝나기 마련이니까. 시간이 지나 이 '어떤 얼굴'은 여자 친구의 "아무렇지도 않은 듯한 표정"(70쪽)과 울며 겨자 먹기로 간 사창가 여인의 방에서 본 "새하얀데도 전혀 때 묻지 않은 티슈 케이스"(70쪽)로 변주된다. 마치 "엄마—제육볶음—천 원"(48쪽)과 같은 무의식의 연쇄처럼. 그렇다면 이 꼬리에 꼬리를 무는 무의식의 박람회의 시작점은 어디였을까. 그건 아마 시간강사인 '나'를 교수님이라 칭하던 여학생이 '무의식적으로' 호칭을 선생님이라 바꾼 순간일 것이다. 그렇게 시작된 "어쩌다 이런 인간이 된 것일까"(66쪽) 하는 반추야말로 이 이야기의 내부적 작의가 아닐까. 그리고 그 기억의 여정은 진심을 가리는 '어떤 표정'들과 그 앞에서 느낀 외로움을 지나 그 모든 것을 알 필요 없던 유년 시절에 도달한 게 아닐까. 한편, 돌아갈 수 없는 그 세계에 대한 향수 때문이었을까. '나'는 "하찮고도 긴급한 충동"(71쪽)에 이끌려 사창가 여인의 방에서 티슈 케이스 속 알맹이, 티슈를 훔쳐 나온다. 정작 자신을 이곳에 끌고 온 교수에게 '어떤 표정'을 가장하며 "그럼요, 한잔 더 마셔야지요"(72쪽)라고 말할지라도.

빛은 "직진하지 않는다"(43쪽). 빛은 한 매질에서 다른 매질로 넘어갈 때 필연적으로 굴절을 맞이한다. 흥미로운 건 그것이 도착점에 도달하는 가장 빠른 길이라는 점이다. '나'의 삶 역시 크게 다르지 않다. 위계와 질서가 만들어낸, 진심을 가린 '어떤 표정'들은 '나'를 멈칫하게 하고 생채기를 남긴다. 하지만 그리하여 세상의 질서에 스며들고 나서야, 그 표정을 가장할 수 있고 나서야, 진심을 갈구하며 품속에 무언가를 품는 사람이 된다.

진심이란 키워드는 여러 가지 가치들과 결을 같이한다. 가장하지 않은 알맹이이자 온전하고 유일한 시절, 질서에 반하는 개인의 자존까지. 그리고 이 영역은 궁극적으로 예술의 세계와 맞닿게 된다. 이에 이런 이유를 달아보면 어떨까. 예술이란 근본적으로 세상의 가장을 들추는 일이라고.

「불을 끄고 노래하면 안 될까요?」에는 시각장애인 남자와 강간의 상처를 앓는 여자가 등장한다. 첫 장면에서 두 사람은 말과 말 사이로 내는 소리와 가사 없는 노래로 소통하는 듯하다. 그도 그럴 것이, 남자는 "소리를 통해 세상을 보고 있"(179쪽)기 때문이다. 공기 중에 스미는, 사방으로 퍼지는 음성과 그 모양. 그것이 어떻게 질서화되고 정제된 기호인 '말'과 같을 수 있을까. 사람들의 말과 그 소리의 모양이 다른 것을 봐온 남자는, 말과 소리의 모양이 일치하는 여자에게 사랑을 느낀다. 장애도 결코 잊을 수 없는 상처도 남자에겐 "극복되는 게 아니"(192쪽)다. 상처 입은 존재의 텅 빈 부분"에도 불구하고"(192쪽) 비워놓고, 물러나며, 극복하지 않는 존재로 있는 것이야말로 예술의 시발점이다. 소리와 모양이 일치하는, 가장하지 않는 파장을 내며 "무엇인 채로 있는"(196쪽) 것 말이다. 그러나 그 경지를 일상적 삶에서 실현하는 건 불가능하다. 여자는 남자의 상상을 채워주고 싶어 자신을 꾸미곤 했으며, 남자 역시 "외로움마저 잃게"(187쪽) 될까 평범한 시각장애인 흉내를 냈으니. 이들은 여자의 앨범 녹음을 위해 녹음실에 들어와서야 그 가장을 잠시나마 내려놓는다. 한동안 녹음에 고전하던 여자가 갑자기 불을 끄고 노래를 부르고 싶다고 말한다. 그리고 노래를 시작했을 때, 여자는 '투명'하게 "노래 속으로 사라"(208쪽)진다. 좀처럼 가능하지 않던 '여자인 채로 있는 것'을 비로소 이룬 셈이다. 그 생생한 음성은 남자의 흑백 세계를 "선명하게 번지는 색깔"(209쪽)로 뒤덮는다. 그렇게 남자는 말과 소리의 모양이 일치하는 흑백의 세계에서, 노래라는 색이 피어오르는 예술의 세계를 처음 만나게 된다.

「불을 끄고 노래하면 안 될까요?」에서 예술이 탄생하는 순간을 짚어냈다면, 「연필」은 그 예술에 다다르는 과정을 한 화가의 삶을 통해 섬세하게 짚어낸다. 이 소설은 한 무명 화가가 원인 불명의 괴사로 오른팔을 절단하며 시작된다. 남자는 잘린 팔뼈에 닿은 이의 삶을 엿볼 수 있는 특별한 능력을 얻게 된다. 무명 화가의 지난한 삶을 버티며 "유일한 존재"(249쪽)를 꿈꾸던 그로선 더없는 행운이다. 남자는 팔뼈로 만든 연필을 전시하고 싶었으나 "자신을 알아봐주었으면 하는 그런 사람들"(259쪽)이 미술관에 드나들어선 안 된다는 말로 퇴짜를 맞는다. 미술관장의 그 말은 비단 관객을 향한 것만은 아닐 것이다. 그 누구보다도 자신을 증명하고 싶은 건 다름 아닌 남자일 테니까. 남자는 그렇게 타인의 삶을 훔쳐보며 "예술가로 살아 있는 것 같"(261쪽)은 기분을 느낀다. 땅끝에서 만나 살림까지 차리게 된 해녀를 만나기 전까지는 말이다. 그녀는 잊을 상처가 많다는 점에서 "오래 살아온 여자"(262쪽)다. 여자가 연필을 만지자 남자는 처음으로 아팠고, 싫었다. 그 공감의 고통이 예견하듯 여자는 연필을 앙가슴에 끼우고 바닷속에서 생을 마감한다. 생은 물론이고 죽음까지, 자신 자체를 남자에게 보여주듯 말이다. 남자가 마지막으로 연필에 대해 말한 사람은 깊은 산 암자의 주지 스님이었다. 남자는 그 절에서 연필의 모든 기억을 비워내기 시작한다. 인정욕구, 타인의 삶에 대한 집착, 공감의 고통까지. 예술가라면 한 번쯤은 들르게 되는 경유지들을 말이다. 연필은 점차 투명해지다가 남자와 무관한 존재가 되어버린다. 남자가 세상을 떠난 후 처마 풍경이 된 연필의 소리를 들은 사람들은 그것을 비로소 "아름답다고 느꼈다"(273쪽). 긴 우여곡절 끝에 연필이 도달한 곳은 '연필'이라는 명명조차도 벗어난 소리의 세계인 것이다.

이 여덟 편의 소설이 쌓일 때까지 적지 않은 시간이 흘렀다. 하지만 이 세상의 질서를 집요하게 파헤치는 데엔 결코 긴 시간이 아니었을 것이다. 그 질서 때문이 아니라, 그것을 경유한 후에야 발견할 수 있는 한 세계를 발견하기 위해서 말이다. 우리가 진심이라고 부르는 그 세계는 말과 글보다는 소리를 닮았다. 파장이며 공명이고, 이해가 아닌 감각으로 스미는 소리. 노희준은 언어를 통해 끊임없이 그 소리의 세계에 손을 뻗어왔다. 그 결과 우리가 이렇게 그 세계를 '볼 수 있게' 됐으니, 그의 시도는 효과를 거둔 셈이다. 앞으로도 그의 글이 기호가 아닌 소리로서 다가와주기를.

편견과 오해, 혹은 이미지로 판단 당하는 일 등등 때문에 감정을 다 써버리고 있는 것 같은 느낌이 들곤 했다.

언제부터인가 나는 처음 만나는 사람 앞에서는 농담부터 하는 버릇이 생겼다. 사람들이 나를 까탈스럽거나 예민한 인상으로 볼까 봐, 그렇게 보는 경우가 많다는 걸 경험적으로 알게 되었기 때문에.

가장 잔인한 건 소문이었다. 알고 보니 부자라거나, 군대 면제라거나, 든든한 백이 있다거나. 서류를 떼서라도 아니라는 걸 증명하고 싶었지만 누구에게 증명해야 할지 알 수 없던 말들. 얼굴이 없는 말들. 얼굴도 없이 눈빛만 매단 채 불면의 밤마다 나를 내려다보던 말들.

몇 번은 소문이 편견이 되거나 근거가 되어 내 삶에 물리적인 영향을 끼치기도 했음을 전해 듣게 되었다. 소문은 사람들의 무성의한 말을 먹고 자라는 악마다. 나는 사람들이 더 이상 악마를 키우는 말들을 해서는 안 된다고 생각한다. 나에게도 더 이상, 이라고 되뇌어본다. 앞으로는 나 또한 떳떳하고 싶다는 마음으로, 어떻게든 노력해보자는 마음으로 이 단편집을 엮는다.

스스로를 장편 작가라고 생각해 단편집을 염두에 두지 않았는데 몇몇 작가님들의 반복된 권유로 마음을 달리하게 되었다. 주변이라는 것은, 주변의 말이라는 것은 이렇게 힘이 세다. 사람의 마음을 바꾸기도, 한 권의 책을 만들어내기도 한다.

십수 년간 발표한 작품을 모아보니 스무 편이 조금 넘었다. 난해하거나 복잡한 것, 마음에 차지 않는 것, 시대에 맞지 않는 것 등을 제하니 열 편이 남았다. 여기에서 실화가 섞인 두 작품을 다시 뺐다. 취재가 포함된 경우도 간접 경험에 해당하는 것만을 살렸다. 어떤 모임에 대해 르포 형식으로 쓴 단편도 있었는데 누군가가 특정될 가능성은 없다고 판단되었지만 고심 끝에 포기했다. 어쨌거나 현실의 이야기를 기록한 이상, 누가 상처를 받을지 그건 아무도 모를 일이니까. 상처는 감정의 문제이지 논리의 문제가 아니니까. 누군가에게 언어로 상처를 주는 일은, 그게 오해이건 오판이건 간에 다시는 반복하고 싶지 않다.

장르에 대해서, 장르라는 것에 대해서 고민하면서 쓴 소설들이다. 목적지에 가는 중이라기보다는 목적지를 모르고 있다는 편이 정확하다. 하지만 어딘가를 향해 열심히 레일 위를 달리고 있는 소설들이다. 달리고 있다는 사실이 중요하다. 아무것도 정해놓지 않고 살기로 했다. 뚜렷한 목표라는 건 인간의 불안을 먹고 사는 악마다. 악마에게 나의 마음을 빼앗기는 짓은 더 이상 하지 않겠다.

　　취재에 응해준 분들에게 감사한다. 상상력은 디테일을 만나 비로소 무언가를 극복할 용기를 얻게 되는 것 같다.

2022년 2월

노희준

수록 작품 발표 지면

개미들의 집 _『한국문학』 2009년 겨울호

빛의 제2법칙 _『문학사상』 2016년 2월호

뒤로뛰기 훈련 _『문장웹진』 2011년 10월호

팔찌 _『문학의오늘』 2018년 겨울호

왓 더 검정! _『문장웹진』 2017년 7월호

불을 끄고 노래하면 안 될까요? _『자음과모음』 2018년 가을호

떡볶이 초끈이론 _『당신의 떡볶이로부터』(앤솔로지), 수오서재, 2020년

연필 _『내일을여는작가』 2015년 하반기호

불을 끄고 노래하면 안 될까요

© 노희준

1판 1쇄 발행 ｜ 2022년 3월 10일

지은이 ｜ 노희준
펴낸이 ｜ 정홍수
편집 ｜ 김현숙 이명주
펴낸곳 ｜ (주)도서출판 강
출판등록 ｜ 2000년 8월 9일(제2000-185호)

주소 ｜ 서울시 마포구 동교로17안길 21(우 04002)
전화 ｜ 02-325-9566
팩시밀리 ｜ 02-325-8486
전자우편 ｜ gangpub@hanmail.net

값 14,000원
ISBN 978-89-8218-297-6　　03810